おじさんはどう生きるか

松任谷正隆
Matsutoya Masataka

中央公論新社

ojisan wa do ikiruka

index

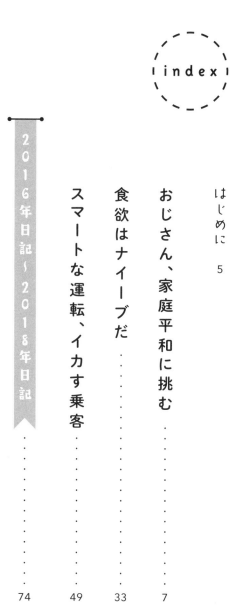

おじさんはどう生きるか

はじめに

今年僕は70になる。タイトルはおじさんではなく、おじいさんにしましょうよ、と提案したのだが、おじさんでいいという。70でおじさんが許される時代なのだそうだ。そういえば最近、女性蔑視発言をしたおじいさん政治家が、テレビやネットで叩かれまくっている。ボコボコのようにも見えるが、この人には堪《こた》えていないようにも見える。実のところ、おじいさん見習いの僕はどちらの気持ちも分かる（気がする）。

だってそんな時代に生まれたんだもの。

彼は「いつの間にこんな時代になっちゃっていたの？」なんて当惑しているかもしれない。でも、しっかり世の中はそういう風に動いてきたでしょ、見ていなかったの？　とも言いたい。そう、時代は動いている。それに対応出来ないとえらい目に遭う。口先だけではだめだ。心からでないと。

はて、それでは僕はどうなのか、といえば、やっぱり失格、退場、の部類なんだろうなあ。頑張ってきたつもりなんだけどね。

この本は読売新聞の「マナー」の欄で連載させてもらったエッセイをまとめたものだ。おじいさんがおじさんでいようと必死になっている姿が若干痛々しい。ま、でも努力するだけましだ、と思ってくれる人もいるのではないか、と期待もしている。

ojisan wa do ikiruka

おじさん、
家庭平和
に挑む

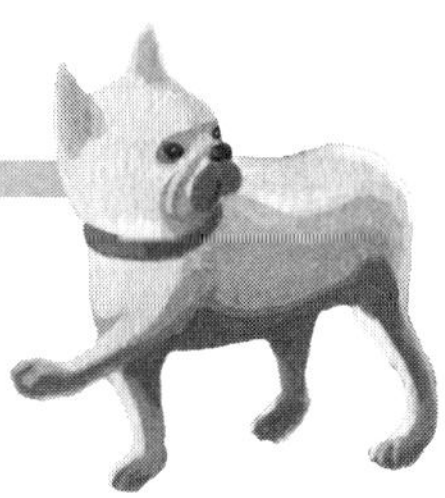

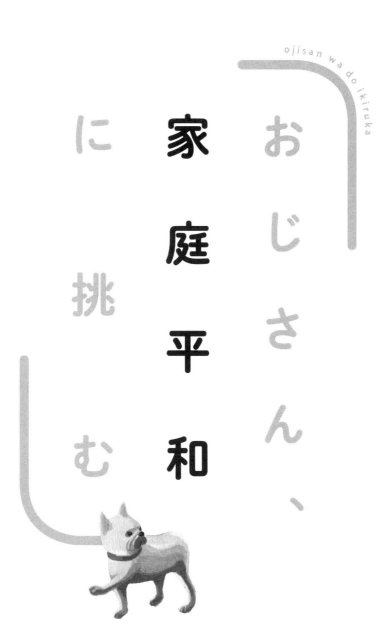

年とった母と息子のマナー

僕はたぶん母親と性格が似ている。人の心の動きに敏感で、すぐに反応する。だから子供の頃から仲が悪かった。気に入らないことがあれば向こうが反応し、それにこちらが反応する。バタン、とドアを閉めればその倍以上の強さでバタン、とドアを閉めた。そのたびにどこかで修復したはずなのだが、どうやったのかは覚えていない。ま、時間とともに忘れていく、といったパターンだったのだろう。

そんな母親が90歳を機に携帯電話をスマホにするという。どうやら写真のやりとりに魅力を感じたらしい。目も悪い母親にタッチパネルが操作出来るのか。それ以上に、人の言うことを聞かないあの母親が、息子の偉そうな指導なんか聞くのか。スマホを買いに行く前から、怪しい雲行きは嵐になる予感がしていた。とはいえ、人間、向上心があるうちは死なないそうだから、それも親孝行かもしれない。意を決してスマホを用意した。

でもその前に、だ。考えてみたら、僕は生まれてから一回も、母親の誕生日やら母の日を祝ったことなどなかったことに気付いた。なまじ優しい言葉をかけようものなら、シャイな性格ゆえ、嫌味の一言も言われてすべてが気分悪くなってしまい、みたいな構図が見えたからだろう。

しかし、死ぬまでに一度も息子にお祝いを言われない、というのも寂しいだろう。一度くらいは気持ち悪い真似をしてみよう、ということでスマホの前に、まずは花を贈ることにした。ついでにカードも書いた。何を書いていいのか分からず、気持ち悪い真似をして申し訳ないが、受け取ってください、と書いた。

捨てはしないだろうな。もしかしたらこのカードはこっそりと後生大事にしてくれるかもしれない。そう思うと、今まで何もしなかったことをちょっぴり後悔した。ま、でもここまで年とってなかったらきっと些細《ささい》なことが発端でお互い嫌な思いをしていたさ、と自分に言い聞かせた。

案の定、花を贈った翌日には携帯に母親から何度か着信があった。仕事中で出られなかったけれど、お礼を言われても何を言っていいか分からないので返信はしなかった。

いよいよスマホを持って実家を訪ねた。花はちゃんと飾ってあった。カードはどこかにしまったのだろう。母親は新しもの好きだ、ということが初めて分かった。僕に似てる、いや、僕が母親似だったのかもしれない。そうだ。だから仲が悪いのだ。しかし母親は例によって否定的な言葉を連発し、僕は堪忍袋の緒が切れ、教えるのを途中でやめた。それからというもの、母親はたびたび会社に電話をし、スタッフにやり方を教わっているらしい。意外に根気はあるようだ。それも含めて僕は母親似であると思った。

皿洗いのマナー

「死んだ方がまし」という言葉を割合よく使う。でも本気で考えると意外に怖い言葉だ。例えば神様が目の前に突然降りてきて、このうんこを食わないとおまえは死ぬ、と言われたらどうするだろう。これ、子供の頃からずっと考えていて、実は今でも考える。究極の選択だ。でも死ぬよりは、とふと思う。一口でいいなら……。

では、死ぬのが自分ではなく大事な人だったらどうだろう。例えば親だ。親のために食うのか。例えば友人だ。友人のために食うのか。ごめん、どうしても食えなかった……。目の前で死んでいく友人をひたすら懺悔《ざんげ》の気持ちとともに見送れるのか。考えるたびに心がギュッと鷲《わし》づかみにされる。

それにしてもこんなことを考える自分は異常者なのか。いや、本音を言えばちっともそんなこと思っていない。こんなイマジネーションを本気で出来る自分を誇らしくさえ思っている。だって現実の日常は決して凡庸などではないのだから。

子供の頃から皿洗いだけが出来なかったのは、ここら辺に理由がある。皿の上の残骸がうんこの元だから、なんて言うつもりはないが、似たようなもの、とどこかで思っていたのは事実だ。食べられないのは当然として、触ることもはばかられたのである。

しかし、60も越えてキッチンに立ってみると、それが少々変わっていたことに気付いた。少なくとも自分の食べ残しは自分で触れる。ついでにパートナーの食べ残しも触れる。つまり、我が家の場合は問題なく皿洗いが出来ることが分かったのだ。

これに他人が交じると話は若干複雑になり、気持ちは後退してしまうのだが、昔、感じていたような嫌悪感はずいぶん減ったように思う。それどころか、自分なりの食器洗いの方法を見つけると、どうしたことか、それまでの洗い方に我慢が出来なくなってしまったのである。なんでそんな汚いスポンジを使っていたのか。なんで台布巾はもっとちゃんと絞らないのか。なんで終わったあとに全部消毒しないのか。

最近のマイブームは食器はどれも磨き上げ、調理用具は新品同様にし、終わったらシンクまで水一滴も残さないことである。かみさんはさぞかし息が詰まることだろう。けれどこうなったのはキッチンに立たせた君が悪い。僕の性格からキッチンに立ったらこうなるであろうことは予測が付いたはずだ。

それにもうひとつ、洗いものをするメリットは、そこで音が思い浮かぶ機会が多いということだ。手に当たる温水の刺激、淡々と流れる水の音。それらが間接的に脳に信号を送るのだろうか。ただし、時々妄想もする。もし神様が現れて、皿は舐めてきれいにしろ、と言われたら……やっぱり無理かも。

ピンポン……に出るときのマナー

僕は家でやる仕事が多い。例えばこの原稿だってそうだ。意外に思われるかもしれないけれど月6本くらい書いていていたりする。原稿以外だと家で音楽のプログラミング。いわゆる打ち込みだ。編曲の一歩進んだ形、と言ったらいいのか。まあ、そんなことはどうでもいい。とにかく家では、ほぼ仕事をする人になる。一方のかみさんはどうか、と言えば、家では家事をする人になる。このところプロモーションで外に出ているときが多く、そこでもらってきた弁当が出てくることも多々あったが、基本は彼女が作る。さて、そんなところにピンポン、と鳴る。宅配便は1日に1回はくる。自分たちで頼むものもあれば、贈り物もある。僕は原稿の佳境だ。頼む、出てくれ、と祈りながら原稿を続ける。再びピンポン。向こうも佳境なのかもしれない。卵を焼くのは結構下手で、よくカチカチの目玉焼きを食わされることがあるから、それを想像すると僕が出るしかないのかな、と思う。でも原稿だって、一瞬間を空けると気分が逃げていってしまうのだぞ。まったくもう……と言いながら出て行き、荷物を受け取る。それが彼女の化粧品だったりすると、もう本当に……小さいやつだと思うだろうが、ばかやろう、と言いたくなる。いや、やっぱりカチカチの目玉焼きよりはいいか。

コロナで外出が出来なくなったとき、かみさんに家事くらい手伝ってくれ、と言われた。重い腰を上げ皿洗いをし、そしてたまには料理を作った。料理ははっきり言って僕の方が上手い、と思う。ずっと丁寧だし、味見をしながら作るし、時間と火加減は秒単位でにらめっこしながらやるからだ。彼女に、今夜はどうしてもお父さん（僕のことである）のパスタが食べたい、と言われてパスタを作った。ソースはタマネギを30分くらい弱火で炒め、トマト缶を入れ、挽肉を別に炒め……とにかく1時間かけて作り、パスタは9分茹でる。11分と書いてあるものは2分ひいて9分なのだ。かみさんは仕事と称して下の部屋でピアノを弾いていた。なんだかぽろぽろと小学生みたいな音が聞こえる。これじゃ先は長いな、と思いながらパスタを眺める。若干火を弱めようか、と思ったその時、ピンポン、である。こちらはあと1分とかそういう状態。お願いだから出てくれ、と思う。パスタは時間が勝負ということくらい知っているだろう。でも出ない。ピンポン、ピンポン、ピンポン……。うるさい宅配便だ。インターホンは1回だけにして欲しい。下からは出ようという気配すら感じられない。仕方なしに火をそのままにして出て行く僕。ああ！　もう！……聞こえるわけないのに聞こえるくらい大きな声でため息をつく。そしてこういうときに限って彼女宛の荷物。行き場のない怒りが体中を駆け巡る。仕事と家事、どっちが大事なんだよ！　はっきりしろ！

いや、すみません。出るのは例えトイレの途中でも僕なんですよね……わかってますよ。

男女の喧嘩のマナー

男女の喧嘩《けんか》には深い闇のようなものがある。なぜなら、喧嘩をし、努力の末に和解をしたとしても、次に喧嘩が勃発したときにはその努力がなんの意味もなさないからだ。ある脳科学者が、右脳と左脳をつなぐ脳梁《のうりょう》が男は細く女は太いからだ、と教えてくれた。それゆえ男は右脳と左脳を同時に働かせにくく、女はそれが出来る、という。結果おおかたの男は結論を求め、おおかたの女は話すことで昇華が出来るらしい。

そう言われてみれば、喧嘩の結末としては、まあいいか……みたいになるのはたいていが女の方で、男は結論が出ぬままに悶々《もんもん》とすることになる。特に僕は脳梁が細いらしく、結論が出ないのが絶対に嫌という、女から見れば圧倒的にたちの悪いタイプである。従って喧嘩になると本当にまずいことになる。向こうが折れてきているのにこちらがいつまで経《た》っても折れないものだから、再び相手をいらいらさせてしまい、延々と終わらない戦いのようになる。

ふと思ったのだが、国にもそういったキャラクター、つまり男っぽい国と女っぽい国とがあるとしたら、国際関係はさぞかし大変なことだろう。

さて、この年にもなると喧嘩の流れ、みたいなものはだいたい分かるようになる。なにやらだんだん雲行きが怪しくなり、そしていよいよある一言、あるいはある言動がドカンという音とともに喧嘩を誘発する。信頼関係がある場合、あえてそれを避けずに、喧嘩によって溜まっていた歪《ひず》みを解消させる、という高度なテクニックもあるようだが、たいていはどうしても抑えきれない感情が理性を超えてしまうというのが現実だ。

抑えきれなくなった感情をコントロールするのは本当に難しい。いや、無理、と言ってしまおう。そうなるとどうなるか。まず、前回の喧嘩の時に使用した武器以上のものを持とうとする。そう、前回よりも強い武器を持つのは人間の本能だ。それは記憶の中に、相手をこてんぱんに出来なかったという気持ちの断片が残っているから。だから今度こそぺちゃんこにしてやろう、となるのだ。

当然相手も同じことを考える。というよりも喧嘩は空気の読み合いなわけだから、相手がそんなものを持つのならこっちも、という……。男女の思考がこのときばかりは同じ、というのがなんとも始末に負えない。そして先の見えない戦いに突入し、どちらかが面倒になるか、降参するか、逃亡するか、で戦いが終わる。

　はたから見ればなんともアホらしい。こんなものに本当に悩む必要なんてあるのだろうか。いや、やっぱりあるんだろうな。明日は気持ちよく仲良くしていたいからね。僕の提案は、戦闘中にみだりに強すぎる武器を持たないこと、というただその一点である。

買い物のマナー

由実《ゆみ》さんがついに新しい自転車を買った。かっこ悪い電動ママチャリからもっとかっこ悪い電動ママチャリになった。もちろん彼女の選んだものだから何も言わなかった。ただ心の中ではこう思った。なんだよ、このセンス……。

実を言えば彼女の3年前の誕生日に、あるイベンターから電動自転車のプレゼントをしたい、という申し出があり、2冊のカタログを渡された。道具好きの僕はペラペラとめくりながら、カッコいいのはこれとこれだな、なんて適当に○を付けていた。どうやらその印に気付いたらしく、由実さんは僕にこう言った。私は買い物に使うんだから、荷物が多いんだから、ちゃんと使えるものを買いたいの。ふうん、そんなことくらいわかって○を付けているんだけどね。と、この時も心の中で思ったのだけれど、やっぱり黙っていた。ま、彼女の誕生日プレゼントな訳だから何も言うまい。1年が経ち、2年が経ち、彼女の自転車は変わらない。何で新しいのにしないの？　と聞くと、まだ使えるから勿体ないでしょ？　との答え。ごもっともである。でも前のやつは想い出としてとっておけばいいじゃないか、というのが僕の考え方だが、もちろんこれも言わなかった。

新しい自転車は思いがけない形でやってきた。その日、どうもタイヤの空気量が少ないな、と思ったらしいのだが、空気を入れている時間も無く、スーパーの往復ならなんとかなる、と判断して出たらしい。でも案の定、途中で完全に空気が抜け切り、ガタガタになったんだそうだ。そしてスーパーのすぐそばにあった自転車屋に飛び込み、修理を依頼。ところがそんな状態で走ってしまったためにリムは歪《ゆが》みスポークは曲がってしまったらしい。修理に数週間かかる、と言われ、それでは自転車を買います、と、そこにあった自転車を買ったらしい。ええっっ!!　自転車ってそんなふうに買うものなの？　こんなうすら寝ぼけた茶色の自転車なんかでいいの？　たぶん、彼女の言い分としてはこうだ。スーパーがすぐそこで、買い物をしなければならなくて、どうしても今すぐ自転車が必要だった、と。

それにしてもこれに乗っている由実さんをあまり想像したくない。こんなのが似合うのは年配のお坊さんくらいのものだろう。ガレージにぽつんと停まっている自転車を見ながら僕は毎回そう思う。そう思っているうちに自然に自転車に名前が付いた。「坊主号」……もちろん、これも彼女には言ってない。

ある晩、彼女が作詞でうんうん唸っていた。曲を聴かせてもらったら軽快ないい曲だ。何気なく、こんな曲なら「新しい自転車」というコンセプトで書いたらどうだい？と言った。彼女の顔がパッと明るくなり、それで行く、といって再び作業に入った。

軽快な曲→新しい自転車→坊主号……うーん、これはないな。ファンがこの自転車を知ったらかなりがっかりするだろう。それよりなによりこの僕が嫌だ。新しい自転車はこんな自転車じゃない！

というわけで僕はたったさっきインターネットで自転車を注文したところだ。これは文句なしにカッコいい。でも乗るのは彼女ではなく、僕である。それでいいのだ。

夫婦のマナー

「何やってんだよ！　この！……」

新幹線の車内いっぱいに老女の声が響き渡った。車内に緊張が走る。誰も動こうとはしないけれど、耳だけはそちらに釘付けになっているのがわかった。

僕の席の2列前か3列前か。その直後、ガタガタミシミシとシートの揺れる音。襲われているのか……。誰かが無理矢理何かを動かしているような音だ。しかしまだ誰も動かない。そしてまた老女の声。

「あんた、聞いてるの？　聞こえてるんだったら返事しなさい！」「補聴器入れろと言っただろ！　何やってんだよ！」。相手もどうやら老人らしい。というか間違いなく旦那だ。旦那は公衆の面前で妻からＤＶに遭っている。

「何やってんのよ！」。ピシャッという手の音がしたと思ったら何かがばらばらとこぼれるような音がした。旦那が叩《たた》かれて何かをこぼしたのだ。「汚いわね！　こぼすんじゃないわよ！」。たぶん、この声はドアを隔てた隣の車両まで聞こえていたに違いない。その後も老女の罵声《ばせい》は絶え間なく続き、ついに車掌の登場となった。

さすがに静かになったものの、10分もしないうちにまた罵声が始まった。最初はささやくように、しかしだんだんクレッシェンドで。老女が繰り返し浴びせかけていたのは「あんたは今まで好き勝手にやってきたんだから！」というフレーズだった。たぶん、この老夫婦がたどってきた道のりを、この車両にいる全員が想像したに違いない。

老女は長い結婚生活の間、ずっとストレスをため続けていたのだ。旦那の帰りが遅くなれば、きっと接待とかお付き合いと称しておいしいものを食べているに違いない。ひょっとしたら女がいるに違いない、などと思い込んだかもしれない。そして旦那は終始不機嫌な妻に対して、コミュニケーションを取ることが億劫《おっくう》になり、当然のことながら寝室も別になり、そしてようやく定年を迎えたのだろう。

それまでいないのが当たり前の夫がずっと家にいることほど妻にとって嫌なものはない、と聞く。いないのがストレスだったものが、いるのがストレスになるというこの矛盾。さらに何十年か経って夫が病気か何かで体力がなくなり、腕力が逆転したところで今の関係に至った……。

心なしか、ほかの乗客からため息が聞こえてくるような気がした。僕もため息をついたかもしれない。他人ごとではないのだ。明日は我が身じゃないか。

寂しがり屋の一人好き、という言葉がある。たぶん誰の中にもあるに違いない、と思っている。この言葉とどううまく付き合っていくか、が将来家族とどう接していけるか、の鍵なのだと思う。妄想が商売の我が家では、これは逼迫《ひっぱく》した問題なのである。

会話のマナー

　ある晩、かみさんのラジオを聞いていたら、ゲストと亭主話になった。ほう、これは聞き捨てならないぞ、とボリュームを上げたら、なんとかみさんは僕のことをマウンティングする亭主だ、などとぬかしてやがる。しかも、ユーミンをみんなの前でマウンティングすることで自分の存在を誇示しているんだ、だと。椅子から転げ落ちそうになった。

　そう思われているのは知っていた。以前、彼女の友人がうちに遊びに来たとき、目の前でそんな話を始め、その後数日険悪なムードになったことがある。ま、そういうクローズドな場ならいいさ。発散することもひとつの方法だ。しかしラジオだ。そりゃあないだろう……。ふつふつと湧いてくる怒りを、しゃっくりを止めるようにのみ込んだ。

僕は大人になったのだ。そんな風に思うこともきっとあるさ。僕にだってある。反論は山のようにある。でも忘れよう。それが生活の知恵ってもんだ。

ところが翌日、彼女がしみじみとこう言うのだ。「お父さん(僕のことである)がいなかったらやってこられなかった。私一人では何も出来なかった……」。これを聞いて、僕の怒りは爆発した。せっかく心の内にしまっておこうと思っていたあのマグマが口から一気に飛び出したのである。いったい、どういうつもりなんだ。心にもないことを言うんじゃない!

そして今までになくひどい冷戦状態に突入した。部屋に閉じこもり、これらの発言について考えた。ま、考えるまでもなく、両方とも彼女の本意であることはわかった。つまり僕をマウンティングするような鬱陶《うっとう》しい奴だと思い、もう片方では必要な人間だ、とも思っているのだ。

日頃、人の発言は立体である、と考えてきた。発言していることとは裏腹な気持ちがその奥にはあるのだ。ときにはそれが正反対の場合もある。つまりどんなに好きな奴でも嫌いなところがあるし、逆だってある。あれほど嫌いだと思っていた奴ところっと仲直りできたりする。この裏表があることで人との関係が上手く流れたりする。もちろん、こうやって険悪になることだってある。

言葉は必ずどこかのワンサイドしか表現できない。だから厄介なのだ。だってこう言ったじゃないか！　となる。立体の別の部分は言葉にされていないから、受け取る方もインプットできない。スマホなどの文字での会話となるともっと面倒だ。表面の文字だけが残ってしまい、その裏に隠れた様々な気持ちが忘れ去られる。つくづくコミュニケーションは難しいなあ、と思う。

ところで僕たちはもう若くはないから喧嘩を継続する体力もないし、第一、怒った感覚は一日経つとだいぶ忘れてしまう。下でごはんを作る音がする。年とるのも悪くないな、と、ふと思う。

堪忍袋のマナー

世の中に気の長いやつなんて実は存在しない。怒りのトリガー（発火点）が浅いところにあるか、深いところにあるかだけの違いだ。このトリガーの位置が、例えばカップルにとって非常に重要な問題になる。言い換えれば相性、ということになるのだ。

もちろんそれは努力によって多少は動かすことが出来るが、それは僅《わず》かであって、ほとんどが基本的性格や生活習慣によって決まってしまっているから、相手のトリガーが耐え難いと思ったら早々に退散した方がいい。努力したってろくなことにはならない。むしろ努力するだけ無駄だ。

大学生の頃、同じ学校の女子と付き合った。いや、手を繋《つな》いだくらいで付き合ったと言えるのかどうか。それはいいとして、この女子はお腹が減るとやたら機嫌が悪くなった。これだけ聞けば、それは僕にたいして気が無かったからだ、と思われることだろう。その通り。そりゃあもっと好みの男の前では我慢したろう。

しかし好みの男と一緒になったとして、この浅い浅いトリガーは改善されただろうか。そうは思わない。相手の男は大変な目に遭ったのだろう、と思う。ご愁傷様だ。

僕にはトリガーが深いところにある女性が合っているようだ。けれど深すぎてもだめだ。逆にいらいらしてくるのである。こいつは鈍感なのか、と。自分勝手なものだ。でもそれだから面白いし、それだからちょっとくらいは努力してみようという気にもなる。では同性の場合はどうかと言えば、そこまでシビアではないのが面白い。つまり、同じ深さでも同性には共感を覚えやすいようなのだ。

絶対に怒ったことのない、いや、怒るイメージすら出来ないレコード会社の人がいた。温厚を絵に描いたような人だ。生まれて初めてアメリカでレコーディングをしたとき、この人と、僕のマネージャーと3人で1週間ほど一緒に過ごした。最初の2日間くらいは温厚なままだった。

でもまず、僕がストレスのために頻繁にパニックを起こすようになった。初めての海外レコーディングだから仕方ない。自分のトリガーは日本にいたってだいたいこのくらいだ。しかしついにこの温厚な人が切れる瞬間を見たのだ。それは運転する車で左折した時のこと。日本では右折ということになるのだが、あまりに片側車線が広かったために対向車線に入ってしまったのだ。クラクションの嵐。怒声。そのときこの人は真っ赤な顔になって湯気を出し、こう叫んだのだ。「俺は日本人だ！　何が悪い！」。おお、神よ……。

実を言えばそれからむしろこの人のことが好きになった。トリガーはさりげなく見せるべきだ。それはカップルであっても。そしてそれは相手に向かってではない方がいい。

ojisan wa do ikiruka

食欲はナイーブだ

殺生のマナー

食べ物を簡単に捨てる、平気で残す、という感覚が僕にはない。生まれた時代のせいなのか、とずっと思ってきたが、どうやらそうでもないことが最近分かってきた。食べ物が目の前で腐っていく、という感覚が怖いのだ。

もちろん、食べ物はそう簡単には腐らないし、見ている前でみるみる腐っていくことなんてあり得ない。でもキッチンのゴミ入れに置き去りにされ、翌日、生温かい変な臭いを発していたりすると、なんともいたたまれなくなる。

ごめんね、俺のせいで、と謝りたくなる。そう、食べ物は生き物だ、と思っているふしがあるのだ。ちゃんと食べてあげて、輪廻のループに乗せてあげるのが我々のせめてもの使命だろう。動物、植物に限らず、なんでも、だ。

汚物に対する嫌悪が人一倍あるのも、この問題を深刻にしている。腐ったものはもはや汚物だ。僕はこれが嫌で、スイカでもメロンでも、食べ終わった皮の部分はゴミ箱にすぐに捨てるのではなくて、いったんラップに包んで冷蔵庫に入れる。そしてゴミ収集車が来る直前まで冷やしておくのだ。実を言えばこんな行為を家人は知らない。バレたらなにバカなことをやって、と言われ、冷蔵庫を無駄に使うな、と怒られるだろう。

バカで思いだしたが、以前立派なロブスターを2匹いただいた。生きたやつだ。籾殻《もみがら》みたいな中に入れられ、はさみを縛られ、それでも元気に生きてやってきた。家人はこれをキッチンのシンクの中に移し、今晩食べるからね、と言って外出した。一足先に帰ってきた僕は、なぜだかこの2匹が気になり、鰹節《かつおぶし》などをやり、縛られていたはさみのゴムを外した。ロブスターたちがありがとう、と言っているように見えた。

これがいけなかった。この晩、家人は帰宅が遅く、そして翌日も出発が早く、ロブスターはシンクに置き去り。今晩こそ食べるからね、と言って出かけた。そしてこの日も少しだけ僕の方が帰りが早く、帰宅と同時にシンクに走ると、静かにしていた2匹がごそごそと動き出し、まるで僕に「おかえり！」と言っているように見えたのだ。

もうだめだ。そんなもの食べられるわけないじゃないか。急いで2匹をバケツに入れ、クルマで横浜まで走り、そして埠頭《ふとう》からボチャンと落とした。元気で生きていけよ、と言いながら。

帰宅した家人にロブスターは？　と尋ねられ、かくかくしかじか、と答えると、呆《あき》れた顔で、なんてかわいそうなことをしたの、と言うではないか。確かに、あんなところに放されても生きてはいけないかもしれない。でも熱湯に入れられるより生まれ育った海で死んだ方が幸せだろ。やっぱり僕の食べる物に対する感覚が普通じゃないのかもしれない。

箸のマナー

複数で食卓を囲む時、実は少々気になっていることがある。それは箸だ。松任谷家では子供の頃から、じか箸を嫌った。何を取るのにも取り箸。じか箸は汚いものだと教わったのだと思う。箸の先には唾液が付いており、そんなものを人様がこれから取ろうとしている料理に付着させるなんて……。

だから初めての修学旅行とか、合宿とか、大人数で食事をするのははっきり言って辛かった。鍋や大皿の中に自分の箸を突っ込んで、平然としている奴らを遠目に見ながら、なるべく突っ込まれたところから離れた場所にある食材を探して、飲み込むようにして食べていた記憶がある。神経質なのだろうか？　否定はしない。でも、やっぱり教育のせいではないだろうか。現にその後、僕はどんどん慣れていって、平気で鍋をつつき合えるようになっていくからである。

そしてひとつの転機が訪れる。それはガールフレンドだ。キスをする……。なんと恐ろしい。じか箸どころの騒ぎではない。ばい菌はこちらからあちらへ。あちらからこちらへ。もはや野放し状態ではないか。しかし、本能というか、人間の愛情というものはこんな高い高いハードルを軽々と越えていってしまうのだ。

そして僕のじか箸への感覚は、この相手への気持ち、という部分に大きく支配されていることに気付くのである。相手によっては、喜んで受け入れられる感覚であり、その逆でもある、ということを。

しゃぶしゃぶはリトマス試験紙のようなものだと思う。何人かで鍋を囲み、周りを見回す。あ、これはじか箸で大丈夫だ、と思う時もあれば、取り箸がいるな、と思う時もある。感覚とはなんと冷酷なものなのだろう。しかし、取り箸を用意する前にいきなりじか箸を使うような輩《やから》もいる。

一瞬、この冷酷な感覚はさらに凍り付き、そして急速に食欲が止まる。我慢してそのまま続けることもあれば、これみよがしに取り箸を使ってみせることもある。それでも気付かないゲストはきっと取り箸の生活を知らない人たちだ。そうやって育ったのだから仕方ない。最悪の場合は黙って席を立ち、ごちそうさま、ということだってあった。

果たしてこんなことをしてしまう自分の行動は許されるものだろうか。食卓の喧噪《けんそう》を隣の部屋で聞きながら、何度おかしな孤独感を味わったことか。

その一方で、この感覚は人間関係の変化によっても変わる、と思うようにもなった。異性、同性にかかわらず、ある基準点を超えればじか箸は許される。いや、許されるどころか、取り箸が妙によそよそしく感じられてしまうのだ。

そういえば、このあいだうちでじか箸で料理を取ろうとしてひどく怒られた。取り箸がそこにあるじゃないの、と。はて、結婚前、この人はじか箸派だったはずなのだが……。

バレンタインデーのマナー

バレンタインデーが終わり、訳のわからないホワイトデーが終わろうとしている。小さな嵐が過ぎ去ったような気分だ。

バレンタインデーの何がロマンチックかと言えば、そのネーミングとチョコレートの甘い口当たりだろう。日本のお菓子業界の偉業ともいえる。なにしろ独自の文化を作ってしまったのだから。

それにしてもバレンタイン……いい響きだ。おかげで若い頃は踊らされた。チョコレートをもらい、何だか知らないけどやたらうきうきした。まだこの頃は義理チョコなんて言葉がなかったから、それでよかったのだ。

そう、義理チョコ。この言葉が出来てからというもの、バレンタインデーに対する気分は変わった。これは義理ですよ、と渡すほうも渡すほうだけど、素直には喜べなくなった。当然である。これは年賀状か？　いやいや、年賀状のほうが100倍ましだ。文字を入れて心を込めることが出来るし、第一、下心が前提にはなってないじゃないか。

安物のチョコレートを大量に買い込んでそれをばらまくというこの行為、これは女子の合法的な粉かけ行為である、と結論付けたい。粉かけ、という言葉を知らない若者のために説明をしておくと、無節操にフェロモンを振りまく、と訳せばいい。この日ばかりは女子は合法的に男たらし行為が許されるのだ。そんなものに尻尾など振るものか。

そして、ホワイトデーに至ってはお返し、ときた。フェロモンのお返しはどうすればいいのか。いろいろと聞いてみると、キャンディーをあげる、だの、食事をおごる、だの、ハンカチだの下着だのと統一感がない。歴史が違うのだから仕方ないのかもしれないが、バレンタインのように果たして何十年後かには定着しているのだろうか。

ふと、日本伝統のお祭りを思った。お祭りにはそれぞれに起源があって理由があった。今見ると異常な理由でも、当時は自然なことだったのだろう。形こそ違うが、バレンタインにおける日本のこの形式は、もし続くならばお祭りの新しい形式として残っていくのかもしれない。お菓子業界の策略でもなんでもいい。それが残っていくならばそれはそれで面白いことだ。

さらに、それが海外に広まっていくなら、男が女に花をあげる、という西洋式バレンタインデーの習慣は払拭《ふっしょく》されてしまうかもしれない。それくらいこの文化は物質的であり現実的だ。しかしお菓子業界がそれを企《たくら》むなら、絶対に義理チョコという言葉を抹殺すべきだ。これは義理ではない。お祭りなのだから。

ちなみに今年いただいたチョコレートは八つ。全部が義理でなかったらいいのに、と思う反面、そうなったらそうなったで面倒くさいのだろうなあ、とも思う。

長いものに巻かれるマナー

かみさんと蕎麦《そば》屋に行くと、彼女は得意げにわさびを蕎麦に塗り、ここぞとばかりに大きな音を出して勢いよくすする。それは店内に鳴り響かんばかりの音ではあるが、一種渇いた音というか、確かに粋人な感じのする音でもある。どこでどう練習を積んだのか知らないが、間違いなく彼女はこれを自慢したいのだ。

それを横目で見ながら僕はするすると中途半端な音を立てながらすする。わさびはもちろんつゆのほうに入れ、蕎麦はつゆにたっぷりと絡ませる。笑われるかもしれないが、僕にとって蕎麦はつゆが命だ。これで同じように勢いよくすすったら、周りはつゆのしぶきで大変なことになる。

勝ち誇ったような彼女の顔を見ながら、僕の心は複雑である。蕎麦は音を立てて食べるもの、とは一体いつ誰が言い出したのだろう。

場所をイタリアンレストランに移し、同じようなシチュエーションを想像する。目の前にあるのはスパゲッティにしよう。フォークでくるくると上手に巻けたとしても、当然のことながら長さの異なるスパゲッティは何本かフォークから垂れ下がる。

この部分をどう食べるかというのは僕の日常的な悩みだ。適度に短い場合はあまり問題にはならないが、ちょっと長かったりすると、これはすするか、または口の中で少しだけ嚙み切って切れた部分を皿にするりと落とすか。もちろん彼女は迷うことなく音を出してすすり、僕はそれは違うだろうと思いながら、口からはみ出たスパゲッティを皿に落とす。これも正解じゃない気もするなあ。

ええい面倒だ！　スパゲッティなんか頼むんじゃなかった……なーんてね、思わなくなったのは年を重ねたせいである。要は適当にやればいいのだ。一番大事なことは形ではなく、おいしく食べることなのだから。

子供の頃、レストランでテーブルに着いたら姿勢を正し、フォークとナイフはその皿の料理を食べ終わるまで絶対に置くな、置いたとたんにボーイに皿を下げられてしまうぞ、と親に脅された。馬鹿げた話だ。おかげでたまに行くレストランではいつもちっともおいしくなかった。レストランで余計なことを考えるようになったのは間違いなくこのせいだ。

マナーはゲームのようなものだ、と思う。いつからそんなふうに思い始めたのか忘れたが、誰かが何かの拍子にふと思いついたゲームに過ぎないのだから、こんなものにがんじがらめになる必要なんてない、と思うようになった。

ゲームは時代とともに変化したりバリエーションを増やしたり。だからマナーだってどんどん変化していいはずだ。とはいえ、ゲームに参加するなら一応ルールくらいは知っておきたい。それが参加者のマナー（？）なのだから。

手土産のマナー

どこの家でもそうだろうが、我が家にもかみさんとどうしても意見の合わないものがある。こればかりはいつになってもわかり合えないのだろうな、と思われるもののひとつが手土産だ。僕は手土産という習慣が好き。かみさんはどちらかといえば、いや、はっきりと嫌いだ。

どんな大切な目上の人と会うときにも、手土産を持って出かけているのを見たことがない。それでいいのか、とも思うのだが、こればかりは人それぞれ。あまり干渉するのも何だからそのまま放置しているけれど、心の中ではこんな声も聞こえてくるのだ。「あの人、手ぶらで来ちゃったよ。どうする……?」。ちょっと京都のぶぶ漬けの話に似ているではないか。

それが怖い、というわけでもないが、僕はわりあい手土産を持って行く。手土産を考えるのは楽しい。もっともコンサートなどで楽屋に通されるシチュエーションが多いから必然的に考えるようになった。

王道の手土産もいいけれど、出来ればもらう人にとって初めてのものがいい。そこから病みつきになってもらって、その商品をリピートするたびに僕のことを思いだしてくれたら最高だ。そんなことを考えながら、そしてその人の趣味を思いながら手土産を決める。もちろん自分でも驚くような傑作商品なんてそうざらにはないから、情報収集はこまめにやらないとならない。意外に大変な作業だ。

「手土産なんてあげる人のエゴよ」とかみさんは切り捨てる。そうかもしれない。考えているときの高揚感というか妄想の世界はエゴ以外の何物でもないだろう。でもね、君の楽屋に届くこの素敵《すてき》な包みたちをどう思う？　楽屋花と同じくらい素敵じゃないか。見ているだけでも楽しいのに、うちに帰っても楽しませてくれるのだよ。

大量に出る過剰包装の紙のゴミのことを思うのか、いそいそと持ち帰ろうとする僕は怪訝《けげん》な目で見られる。「そんなに持ち帰って誰が食べるの？」。そんなことくらいはわかっている。全部食べられるわけなんてないさ。けれどこのきらきらとした魔法のかかった包みたちはどうやっても持ち帰ってくれ、と言っているではないか。

いただき物はご褒美だな、と思う。自分ががんばって何かを作り上げたことへの誰かからのご褒美。それをその場で人に分けてしまって、いやあげてしまってもいいものか？　違うよ、と思う。気持ちだけいただいて、というかみさんの言葉を無視し、家に持ち帰る僕。ただし、魔法は翌朝には消えてしまうのも知っている。あのきらきらした感じはどこかに行ってしまい、残るのは膨大な量の食べ物。

「ほらね」とまるで鬼の首を取ったような彼女。どちらが正しいのか、いまだに結論は出ていない。

ojisan wa do ikiruka

スマートな運転、イカす乗客

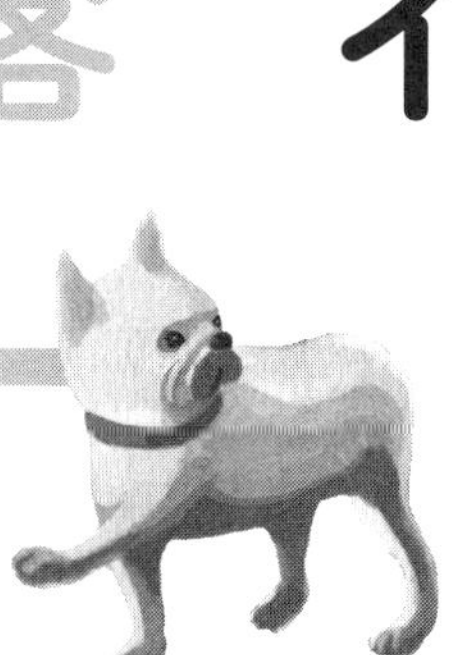

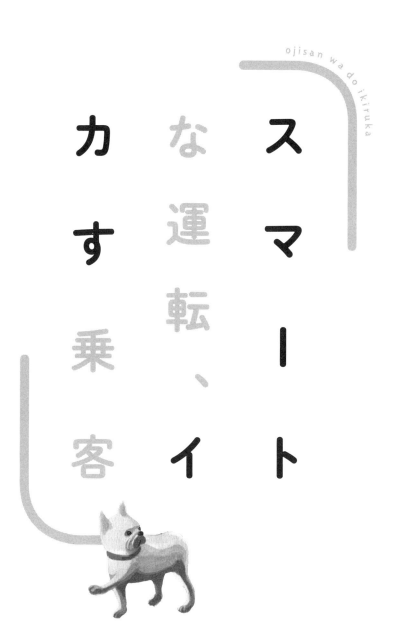

事故現場のマナー

僕は過去何度か交通事故を起こしたことがある。自分が悪かったこともあるし、そうでなかったときもある。

大昔先輩から、事故は主張したモノ勝ちだ、と言われたことがあって、最初の頃は事故を起こしたときも、起こされたときも、「自分は悪くない」という態度を取っていたように思う。今思うと情けない限りだ。

けれど、いまだにその間違った教えを守っている人間も多いのではないか、と推測する。事故現場でそういう言い合いを見たことが何度かあるから。

事故を複数回起こしたことのある人なら、その後事故はどう処理されて、どのようなことが起こるのか知っているはずだ。相手が怪我をするような事故でない限り、もう保険会社同士の話し合いになるのだから、わざわざ現場で大騒ぎをするだけ無駄なのである。冷静に状況だけ警察に伝えればそれで終わりだ。過失はこっちが何割であっちが何割、なんてことは保険会社の仕事だ。

数年前、仕事に行く途中、高速道路の渋滞最後尾についていて、追突されたことがある。バックミラーにみるみる大きくなるワンボックスはそうとう怖かった。ドカンッと音がして僕のクルマは何メートルか前に押し出された。幸いそういうこともあろうかと、最後尾につくときは車間をあけていたので二重追突は免れた。

その時の僕のマインドは、経験のせいか、さすがに冷静だった。自分のクルマのダメージはほぼ想像出来たからかもしれない。むしろ相手がかわいそうだな、とすら思った。きっと直線道路上でよく起こる錯覚によるものだろう。ただし、それは相手の出方次第だ。幸い想像通り、ドライバーは慌てて降りてきて、まずは僕の体のことを心配した。ここで僕が救急車を……などと言ったらこの事故は人身事故扱いになるわけだから、ドライバーのこの態度は正しかった、と言える。

僕はにっこりと微笑んで(ここが重要だ)渋滞が心配だからなるべく左に寄せて警察を待ちましょう、と余裕をかます。どうだ、これ以上スマートな応対はあるまい。あとは想像通り、警察が来て調書を取り、それで終わり。一件落着。

いや、実は終わりではなかったのだ。警官は、僕の名前を見て、こういうことがマスコミに知れるとうるさいからね、と訳の分からぬことを帰り際に言ったのだけれど、その意味が分かったのは翌日だ。小さいながらこの事故のことが各局のワイドショーで取り上げられたのだ。やられた。そういうことか。まだまだ、僕の知らないことはたくさんあるらしい。

あおり運転のマナー

何かと問題になっているあおり運転の話である。18歳の頃からだから50年。半世紀も運転していればいろいろな経験もする。ほとんどありとあらゆる経験をした。

あおり運転など50年前からあったし、さかのぼればクルマというものが出来てからあったのだと思う。自分と考え方の違うドライバーの存在に悩み、どうしたものかと考え、今までわからずじまいである。最終的には人間同士の問題はどんな局面にも起こる、ということがわかったくらいだ。

あれは何年前のことだったか。六本木通りを小さな黄色いクルマで走っていた。晩年の植木等《うえきひとし》さんの録音をするためにスタジオに向かっていたのだ。交通量はあったけれど割合流れていたと思う。

突然、目の前にウィンカーを出さずにクルマが割り込んできた。どちらかに曲がりたいから、というのならわかる。でも、そういう局面ではなかった。だから一瞬ムッとした。間もなく僕は六本木の交差点を右折したかったので右のレーンに移った。するとあろうことか、またまたそのクルマは僕の前に飛び出してきたのである。さすがにクラクションを鳴らした。しかし、悪びれる様子もなくそのクルマは平然と前を行く。

いやだな、と思った。そして、僕は今で言うと、もっともやってはいけない行動に出てしまうのである。つまり、左に出てから強引にそのクルマの前に割り込んだのだ。

いったいどんな人が運転しているのか、バックミラーを見る。ムッとしているドライバーの顔が見えた。そして後席に乗っている人までムッとしているのがわかった。溜《りゅう》飲《いん》は下がらなかった。何をバカなことをしているんだろう、という後悔の念だけ。その後、そのクルマはずっと僕のあとを付いてきた。ずっとずっと。しつこいなあ、文句を言いに出てくるのかなあ、と思ったがそうでもなかった。

ふと日の光の加減で後ろのクルマの後席が明るくなった。しまった！……と思った。後席に乗っていたのは植木さん本人だったからだ。

逃げようにも逃げられない。このままスタジオまで一緒だ。顔も見られているかもしれない。そそくさとクルマを駐車場の隅に停めて知らんぷりをしようと思った。いや、でも顔を見られていたら言うしかあるまい。

仕方なしにスタジオに着いて挨拶を交わしたあと、あれは僕でした、と告白した。一瞬植木さんの顔が曇ったのが分かった。「ああ、あの割り込みをしてきた黄色い……」

いやいや、そちらが先だったんですよ、とはさすがに言えなかった。でもそんな会話からなぜか打ち解けることが出来、いい録音が出来た。1年後、植木さんは亡くなったが、植木さんの運転手とは割り込みドライバー同士、今もいい付き合いは出来ている。

自動車評論家のマナー

日本カー・オブ・ザ・イヤーの選考委員に任命されたのは確か1990年代初めだったと記憶しているから、かれこれ30年に迫ろうとしている、ということか。何年か続けているうちにAJAJ（日本自動車ジャーナリスト協会）にも入れ、と誘われ、劣等生会員ながらこちらも長い間末席を汚している。

さて、困るのは選考委員名簿の肩書に何と書くかだ。一応、音楽プロデューサーとし、しかし自動車ジャーナリスト協会に名前を連ねているわけだからモータージャーナリスト、などと恥ずかしながら書かせてもらうこともある。

ジャーナリストは基本、（いい意味で）ハイエナのような人種でないと務まらないと思っている。その点、僕にはまったくその資質がないので、なかなか複雑な気分だ。もっともハイエナになりきってしまったら、きっと音楽は出来なくなるだろうけれど……。

それでも感性という点では共通点があるはず、ということでせっせとクルマを借りては乗り借りては乗り。おかげでかみさんはもうどれがうちのクルマだか全然分からないでいる。

このあいだも借りているポルシェに乗せて、これはどこのクルマだ？　とマークを隠しながら聞いたら、「この乗り心地はトヨタだわね」などと堂々と答えてくれた。少々感性に疑問あり、かもしれない。

さて、コラムを書くために編集者がクルマを借りてきてくれる場合、クルマはガレージの前に停め、キーはたいていポストに入れる。インターホンも鳴らさずに置いていくから、クルマがうちの前に停まっていたらポストを探せばいいわけだ。

このあいだ、クルマが停まっていたのでキーを取りに行こうとしたらポストのこちら側の扉が開いていてキーがない。まさか、と思って焦って犬の宝物の隠し場所に行ってみると、見事バリバリに食いちぎられた悲惨な状態のキーを発見。あのときの犬の得意そうな顔。いやいや、そうじゃない。こちらは真っ青である。

借りたクルマをガレージでこすったことは20年ほど前に一度あったが、キーは初めて。絶対に修復不可能。正直に言うしかない。正直に言ったら、インポーター（輸入業者）の人はきっと許してくれるだろう、とは思うのだけれど、それはそれで気が重い。いっそのこと損害賠償を請求してくれた方が気が楽というものだ。

案の定、笑って許してもらえたものの、大きな借りを作ってしまった。こんなに気が小さいうちはハイエナになんかなれっこないな、と思う今日この頃である。

長距離移動のマナー

僕は人より順応性がない。公共の乗り物で、知らない人の隣に乗るのはかなり苦痛だ。それが1時間以上ということになると拷問に等しい。

だからその昔、飛行機で海外に行くときは、隣の席を最後までブロックしておいてもらって、ぎりぎりにキャンセルをして乗った。それでも隣の席は誰かが座った。当たり前だ。キャンセル待ちの人が乗るに決まっている。そんなことも知らないで何をやっていたのだろうと思う。

旅行好きの友人が、それならファーストクラスに乗りなさい、と言った。ビジネスがエコノミーの倍楽だとしたら、ファーストはビジネスの3倍楽ですよ、と言う。1980年代当時、ロサンゼルスまでファーストは80万円くらいしたと思う。たかが交通費にそんなに払うのか……とひどく悩んだものの、そこは仕事に関わる、と意を決してファーストに乗った。

当時のファーストはまだ2座席、つまり隣の人がいた。席もフルリクライニングなんかではない。60度程度倒れるだけ。よりにもよって初めて乗ったファーストでは、隣にいわゆる反社会的勢力風な人が座った。客室乗務員をやたらと呼んで、「おい、ワインだ、シャンパンだ」と大声で怒鳴った。大きな音でゲップをし、おならもやりたい放題。もちろん僕は小さくなって眠くもないのに寝たふり。80万円払ってこの生きた心地のしなさはいったいどういうことだ、と泣きたくなった。

それでもファーストに乗り続けたのは、閉所恐怖症だったからだ。旅行代理店に頼んで隣の人の素性を確かめようともした。何度か乗ってわかったことは、ファーストに乗る人種のほぼ半数の客が、普通の顔をしながら横暴で、やりたい放題なこと。旅慣れたスマートなツーリストはビジネスに違いない、と確信した。

幸いなことにファーストクラスにソロシートが導入され始め、10年もしないうちにビジネスにもソロシートが導入され始めた。僕と同じことを考えていた人たちが多かったってことなのか……。おかげで僕はスマートなビジネスクラスユーザーになることが出来た。

さて、他の移動はどうかと言えば、最近、遅ればせながら新幹線の券売機での買い方を覚え、一人の席でゆっくりと過ごせるようになった。

と言いつつある仕事の帰り。スタッフが気を利かせて新幹線の席を取ってくれた。グリーン車は結構すいていたのに、指定された僕の席は普通車3列席の真ん中。しかも両側は大きな外国人。よりにもよってそんなところに日本人が割り込んでくるものだから向こうだって大迷惑顔だ。

どうやらスタッフは席を買うときに、人のいるマークといないマークを間違えたらしい。落とし穴はどこにあるか分からない。

ファンのマナー

大昔のこと。ニースの空港でF1ドライバーのネルソン・ピケを見つけた。うひゃ〜、本物のネルソン・ピケだ、と興奮した。同じ飛行機でパリまで移動したのだろう。シャルル・ド・ゴール空港でも再びピケを見つけた。どうやら僕の知覚機能はピケにロックオンしたみたいだった。

僕は仕事が終わり日本に帰るところ。エールフランスの成田行きの搭乗を待っていた。おりしも機内食の業者のストらしく、機内に案内されると、シートの上に日本のコンビニ弁当を洋食にしたみたいな粗末なものが乗っていた。愕然《がくぜん》とした。それにしても、これっぽっちのものを2回に分けて食べるのか……どうやって配分しようか、などと考えているとやおら隣の席に外国人が座ってきた。

横顔を見てびっくりした。ピケだったのだ。ピケもそのコンビニ弁当を膝に抱えると、困ったような顔で僕を見た。僕も困ったような顔をして笑い返した（と思う）。

日本までのフライトは長い。僕ははっきり言ってこの人のファンだ。けれどファンだ、などというとこの人はきっと鬱陶《うっとう》しがるだろう。かといって何も知らない、というのも寂しかろう。これは微妙な距離感を要求されるな、と思わず緊張をした。いや、緊張は最初からしていたな。だからちょっとだけ話をしよう、と思った。

「ピケさんですよね、日本へは仕事ですか？」。隣の席のやつが名前を知っている。面倒だな、と思ったのか、いや、名前を知っているのは当たり前だ、と思ったのか。彼はこう答えた。「ジャパングランプリ」。

そうだ、F1の鈴鹿のシーズンじゃないか。そんなことを分からずに何という質問をしてしまったのだろう。いきなり汗がどっと噴き出す。最初からこれでは思いやられる。これから10時間の間には一緒にコンビニ弁当も食べなきゃならないし、ぎりぎりと歯ぎしりをしながら眠らなければならない。僕が窓側だから、失礼、と言いながらあのピケをまたいでトイレに行かなければならない。僕はトイレが近いからそれは1度や2度では済まされないだろう。

どんどん憂鬱《ゆううつ》になっていく自分。跳び上がるほどうれしいはずの設定なのに、なんでこんな気持ちにならなければならないのだろう。ファン心理とはかくも複雑なものなのか。結局到着までの間、何回か話をしたのだけれど、すべて話がずれまくり、滑りまくっていたように思う。成田に着いて「グッドラック！」と言って別れたときには本当に解放された気分だった。

今でもあの10時間のことを思い出す。思い出すとき、何よりも最初に頭に浮かぶのは、ピケの鼻から1センチは飛び出していた黒い竹ぼうきのような立派な鼻毛だ。あれは本当に立派だった。

タクシーのマナー

最近、タクシーによく乗る。クルマの仕事をしているくせになぜ、と思われるかもしれないが、年を取ると自分の反射神経に自信が持てなくなるのである。

子供の頃はタクシーに乗るのが怖かった。なぜならドライバーはたいていが年上で、今よりもずっと威張っていたからだ。

そう、今のタクシーはずいぶんと違う。なぜかドライバーたちは、予約をしておくとその時間に外に出て待っている。どんな寒いときも、どんな雨風が吹いていても。僕が行くとアメリカ人の女性を乗せるときのように、丁重にドアを開けてくれる。

その習慣にある程度慣れてきてしまってはいるものの、やはり、申し訳ないな、と思う。僕よりも年配のドライバーであればなおさらだ。

さて、クルマに乗った。この状況はよくよく考えると変だ。知らない人と2人きり。狭いクルマの中にいる。運転をしてもらっている。

料金を支払うのは自分だとしても、威張っていいわけはないよな、と思う。人間関係が悪くなるのは怖いではないか。

タクシードライバーは敬語を使う。どんな年配の人でも、だ。当然、こちらも敬語で返す。いろいろな客がいるらしく、タクシードライバーはなるべく早く、回り道をしないように自分を運ぼうとする。もちろん、そのために道を聞いてくることがある。

でも、それちょっと飛ばしすぎじゃないの、と思うときもある。怖いです。近道かもしれないけど、こんな細い道、一時停止だらけで加速減速の繰り返し、気持ち悪いです。それにいちいち道を聞かれても僕もよく知らないです。声にならない会話が密室の中で続く。

よかれと思っているのか、これでこちらが満足していると思っているのか、はたまたこれがそのドライバーの癖なのか。参ったなあ、と思いながらタクシーを降り、料金を支払う。これ、言った方が良かったんだろうか、と思う。そう、タクシーは乗せる方も乗る方も疲れるのである。それを俯瞰《ふかん》すると、やっぱり変だ。

たまに乗るドライバーに永ちゃん（歌手の矢沢永吉さん）ファンの人がいる。もちろん僕のかみさんが誰だかも知っている。永ちゃんファンのドライバーは僕の前では永ちゃんの悪口を言う。それが本心でないことくらいわかっている。微妙なさじ加減で受け答えをする僕。でも話題と言ったらこれくらいしかないしなあ。

知り合いでホッとするかもしれないが、疲れもすることだろう。タクシードライバーには優しく接してあげたいものだ、と思う。

初めてのマナー

最近、新幹線に乗るのがちょっぴり憂鬱だ。あれは数ヶ月前のこと。僕は大阪からの帰りだったと思う。名古屋から僕の前の席に乗ってきた客が、座って程なくして立ち上がり、笑顔で僕の方を向いてこう言ったのだ。

「すみません、席倒していいですか?」

一瞬耳を疑った。は? この人何を言っているのか? 僕の聞き違いなのか? それとも僕の足が前の席に触れたのか? とりあえず、よくわからないが「はい」と答えると、30代と思われるその男性はゆっくりとシートを倒した。……やっぱり席を倒すのにわざわざ僕に断りを入れたのだ……。

そういえば昔、乱暴に席を倒され、テーブル上の飲み物が飛び散ったこともあった。

ムッとはしたものの、席を倒すのは自由なんだから仕方ない。

それ以来自分で背もたれを倒すときはゆっくりゆっくり、さあ、これから倒しますよ、という意思表示をしながら倒していた。それでいいじゃないか、と思っていた。しかし、彼はそれを言語化して、面倒なのも厭《いと》わずに断りを入れたのである。

何なんだ、これは？　知らないうちにこの世界には新しいマナーが出来上がっていたのか？　頭の中はぐるぐるとさらに回る。

今や道路上では当たり前になったサンキューハザードも、最初に経験したときにはびっくりした。たしかあれはトラックで、続けざまに2度ほど経験したことで、意味あいを理解したように思う。

これはいける、と思ったがなかなか自分では出来なかった。誤解されてかえってびっくりされたらどうしよう、と思ったのである。緊急事態かと思って急ブレーキを踏んでしまう可能性だってあるではないか……。

そう、席倒しの話だ。ついにその時がやってきたのである。自分の席を見つけると、僕は意を決して後ろの席の人に向かい満面の笑みで言う。

「あの、席を倒してもいいですか？」

案の定、50代とおぼしきその男性はギョッとした顔で自分の席の倒し具合を確認している。あのときの僕と一緒だ。そりゃそうだ。何か自分に落ち度があったのか、と思うのが普通ではないか。いやいや、そうではないんですよ、と心の中で呟きながら僕はゆっくりと席を倒す。

得も言われぬ不思議な空気が新幹線の中に立ちこめる。果たしてこの男性、これからしばらくの間、この些細な問題で悩んだりするのだろうか？　僕は彼に悪いことをしたのだろうか？　新マナー、お互い慣れていくまでにはまだまだ時間がかかりそうである。

トナラーのマナー

ちょっと前に「トナラー」という言葉を聞いた。ガラガラの駐車場でもわざわざ他の車の隣に停めてくる奴のことを言うらしい。

「トナラー」はなぜ隣に停めてくるのか、みんなで話し合った。一番多かったのは、対象物があると停めやすいから、というもの。そうなのか？　どうせガラガラなんだから、多少斜めに駐車したっていいじゃないか、とも思うのだが、そこが「トナラー」の「トナラー」たる所以《ゆえん》らしい。

曲がったことが嫌いな日本人気質なのかもしれない。あとは1台でいるよりも2台でいた方が怖くない、という心理もあるのではないか、という説。連れション理論である。

そんなもんかね。その隣の奴が泥棒だったらどうするんだい、と言いたい。

ところで話によると「トナラー」はクルマに限ったことではないのだという。どうやら空いた電車にも「トナラー」は出現するらしい。ほぼガラガラのシートなのにわざわざ自分のそばに座ってくる奴がいるというのだ。

そりゃあ痴漢なんじゃないの、と聞いてもどうやらそうではないらしい。同性の場合もあるんだそうだ。と、そこまで聞いてはたと思った。そういえばいたいた。僕がよく行くゴルフ練習場にも。

僕は基本、練習場には祝祭日とか混んでる時間帯とかには絶対に行かない。ガラガラを狙っていくのである。なぜならマイペースで練習をしたいではないか。ところが、である。ガラガラなのに、わざわざ僕の隣の打席に来る奴がいるのである。紛れもない「トナラー」だ。

彼らは決まって同じような表情をしている。ちょっと自信ありげで、人の練習しているクラブと同じ番手のクラブを持つ。同じタイミングで……。考えすぎだろう、と思われるかもしれない。いやいや考えすぎなものか。きっと練習場を見回して自分よりもちょっと下手そうな奴を見つけて隣に来るのである。ふざけた野郎だ。そしてこちらはどんどん調子を崩し、さっきまで上手くいっていたクラブもどんどんおかしな事になっていき、うちひしがれながら帰宅するのである。

以前書いたかもしれないが、オヤジが若かりし頃、つまり僕が子供の頃、よく一緒に練習場に連れて行かれた。オヤジは宇宙一ゴルフが下手で、いつも練習場であらぬ方向に球を飛ばしていた。

あるとき、僕の見ている前で、隣の打席の人の背中に命中させた。「痛《い》ってえ……」という声にもならない声と、へいこらと謝るオヤジの顔は一生忘れられない。本当に穴があったら入りたい、と子供心に思った。

「トナラー」が来るたびに、あの光景を思い出す。そして僕の中の悪魔が囁《ささや》くのだ。おい、その「トナラー」の背中に命中させてやろうぜ、と。

05/24

ぎっくり腰が癖になったようで、仕方なく筋力トレーニングを始めた。これで治るのかどうか。血中コレステロールを下げるためにジュースクレンズ（水、果汁だけで過ごす健康法）も定期的に敢行。両方やっていると今時のOLになった気分になるから不思議だ。

06/21

「63を過ぎるとギーッと音がして最後の扉が開くぞ」。これは宮崎《みやざき》駿《はやお》さんの言葉だそうだ。プロデューサーの鈴木《すずき》敏夫《としお》さんも言われたらしい。確かに腰のあたりが年寄りになった気がする。怖い。というわけでマラソン、ゴルフに励んでいる。

07/19

ハワイでのゴルフ合宿を経て、ますます自己嫌悪に陥る。まずは性格が全くゴルフに向いていないということを今度こそ確信した。困ったのは確信したらやめられるかというと、そうでもないようで、今僕はゴルフレッスンに目覚めようとしている。

08/16

例年になく、レコーディングがスムーズに進行している。いったい今までは何だったの？というくらい。ただし、うまくいっているときには必ず落とし穴があるとも思っている。落とし穴を作られないよう注意しなくちゃ。

2016年日記

09/13

今の近況と言えばレコーディングだ。最終段階でロサンゼルスに来ている。ここまでは過去最高の出来だと思っているが、ここで一気に奈落の底に落ちる可能性もある。一瞬たりとも気が抜けない時間が続いている。なんて言いながらこの日は寝坊した。

10/11

「僕の音楽キャリア全部話します」という新潮社から取材された本が出る。最近、ミュージシャンのこの手の本が多いことがちょっと気になるところではあるが、薄い取材ではなかったから期待したい。コンサート制作もいよいよこれからが本番だ。

11/08

日本カー・オブ・ザ・イヤーの季節がやってきた。洋食、和食、中華、宇宙食……。食べ物にはそれぞれの価値観があって、評価軸はそれぞれ違う。クルマの選考も同じ事。だから難しい。ま、おいしいことが大事なのは変わらないけど。

12/13

由実さんの宇宙図書館のツアー制作が終わり、いよいよツアーは動き出した。自分の手を離れてしまうんだな、という一抹の寂しさがある一方で、新たなプロジェクトを早くスタートさせなきゃ、という焦りが出始めてきている今日この頃です。

2017年日記

01/17

正月にやろうと思っていた重大な仕事を亀のペースでやっている。でも亀は歩みを止めないから思うよりは進んでいるようだ。それから武部《たけべ》聡志《さとし》の還暦のコンサートを考え中。まあ、これはリハーサル中のひらめきで作ろう。

02/14

僕の中では3部作、と勝手に呼んでいるのだが、昨秋に出た僕の仕事経歴の本に続き、僕の家についての本が1冊と、僕の書き下ろしエッセイが1冊出る。ただいま鋭意エッセイの加筆中といったところ。

03/14

たて続けに親しい人たちが亡くなっている。自分を認めてくれる人がひとり、またひとりと減っていくのは切ない。けれど向こうはなんだか賑やかな感じもする。マイケル・ジャクソンもいるし、プリンスだっている。いやいやもっといろいろいる。だからなんとも不思議な気分だ。

04/11

人間ドックをやった。どうやら小さな動脈硬化があるらしい。おいしいものを食べて早く死ぬか、まずいもので長生きするか、と言いながら前者をとって亡くなった某医院の院長のことを思い出した。僕はどっちで行くのだろう。まるで人ごとのようだ。

05/09

ポール・マッカートニーのコンサートに行った。才能と体力と気力という人間力、いや動物力をまざまざと見せつけられた。こんなやつと一緒じゃ他のメンバーは大変だったろうな。明日からジョギングの距離を伸ばしてみようと思う。

06/13

何年ぶりかで寝込むような風邪を引いた。症状からしてマイコプラズマ肺炎の恐れもあるので抗生物質を飲んだ。3日間スケジュールをオフにしてみると、だいぶ休養が取れたような気がした。風邪も悪くないものである。

07/18

何でもやり過ぎはいけない。そんなことはわかっている。でもやり過ぎる。そして体を壊す。ダイエットで貧弱になった体に筋肉を付けようと、15年前に購入したマシンでせっせと体作りに励んでいたら突如腰と首が動かなくなった。15年前と同じだ。ああ、この性格は死ぬまで直りそうもない。

08/15

11月末からスタートする帝劇の舞台脚本第一稿がようやく出来上がった。製作発表会2週間前というタイミング。稽古が始まってもまだ出来てないという強者《つわもの》の脚本家もいるみたいだけど、この世界ではただの素人だから怒られても仕方ないです。はい。

09/19

書き下ろしの本が発売された。タイトルは「松任谷正隆の素」。変なタイトルだけど編集者が熟慮して付けてくれたのでそのままにした。人生に自信の持てないひとに読んで欲しいと思う。たぶん、同類はこの世の中にたくさんいることに気付いてもらえるはずだ。

10/17

11月末から始まる帝劇の稽古がスタートした。立ち稽古だというのに毎日台詞を思いついては朝みんなにメールで送っている。俳優たちはさぞかし迷惑なことだろう。覚えたくても覚えられないんだから。でもぎりぎりまでやるのが僕のやり方だ。頼むから逃げ出さないで、と願う毎日である。

11/14

最近のマイブームは着るだけでマッチョになるという加圧ピチピチシャツだ。朝、お風呂に入ってから出かけるまでこいつを着る。着るのも脱ぐのも一苦労だが、脱いだ瞬間は

「おっ」と思う。これが一時的なものでないことを祈るばかりだ。

12/12

今、毎日は帝劇の本番で埋め尽くされていますが、来年は松竹の仕事をやることになりました。しかもシェイクスピアの戯曲の音楽……。僕になんか出来るのでしょうか。といってもやると言ってしまったからにはやります。その前にまず台本を読まないとね。

01/16

着ると大昔の南極越冬隊員みたいになる毛皮のコートを持っている。今年こそ着よう着ようと思ってもう10年、一度も袖を通したことがない。そうこうしているうちに世の中はフェイクファーの時代になっているそうだ。あと10年待とうと思う。

02/13

苗場と東京を行ったり来たりしている毎日。苗場のライブはナイターを終えてから観られるよう21時過ぎにスタートしており、ということは終わってクールダウンすると2時3時は当たり前。時差ボケとの戦いの毎日でもある。

03/13

17日に行うコンサート「SONGS&FRIENDS」のリハーサル中である。プレーヤーと演出を同時にするのはつらいけど、いつまでプレーができるかわからないから、今のうちにやれるだけやっておこうと思っている。うまく行くだろうか……。

04/10

カメラグランプリの選考委員をやることになった。審査対象となる機器を手に取り、わからないなりに一生懸命テストしている。スマホで十分なんて言っている人、最新機器を使ってみるといい。世界観がまるで変わると思う。

05/08

かつて8000万円くらいで購入したミキシングコンソールのメンテナンスをしたら、音が俄然良くなった。しかしデジタルになった現在、コンソールは500万円くらいで買えるらしい。ものすごく複雑な気分だ。

06/05

定期検診の結果が出た。コレステロール値自体は若干下がったものの、血はよりドロドロになっているらしい。コレステロール値だけを見ていればいいってもんじゃなかったのね……。がっかり。

07/03

昔一緒にやっていたミュージシャンたちと、またライブをする機会が増えた。ところで、海外の番組では「あいつは今生きているのか死んでいるのか」と古い友人の消息を尋ねるものがあったらしい。笑えなくなってきた。

08/07

このところ、なにかとコンサートで楽器を演奏する機会が増えている。絶対音感が崩れてきているのが不安だが、リズム感の方はまだまだ健在だと信じている。なんて自分で思っているだけだったりして……。

09/04

アプリをダウンロードしてレコーディングダイエットをするようになった。朝晩の体重、食べたものは細かく記載する。ついでに天気まで書き入れるようになった。すぐに飽きると思ったら大間違い。これは続けられそうだ。日記より暑苦しくないのがいい。

10/02

音楽を担当した中村芝翫《なかむらしかん》さん主演舞台「オセロー」のあとは、由実さんのツアーである。これを書いている時点では明日が本番初日だ。いつになっても前日はそわそわするものの、この感覚が堪《たま》らないとも言える。

10/30

11月のおわりに東京国際フォーラムで小坂忠《こさかちゅう》さんのライブをやる。知らない人も多いと思うが、素晴らしくソウルフルなシンガーだ。1970年代はじめに一緒にやっていた頃、なぜそんなことがわからなかったのか不思議でならない。したがってシークレットのゲストも多数。一夜限りである。

11/27

秋は嫌な季節。必ず誕生日が来るからです。個人的には30になる時と60になる時が嫌でしたね。でも次は90でなく、80になる時に呆然とすると思います。ま、生きてれば、ですけど。

12/25

2018年、我が家ではコンサートツアーの影響を受けクリスマスが中止になり、紅白歌合戦の影響を受け年越し蕎麦が中止になる。その代わりに豪華なおせちが届く予定らしい。なんだかなあ……。

人間だって
動物だもの

野生動物と付き合うマナー

最近、毎日遊びに来るカラスがいる。カラスはテラスの縁にとまって、いろいろな声を出す。カーカーと鳴くこともあるけれど、ハトのようなクククッ、みたいな声も出す。どう考えても、何かをしゃべりかけているように見える。

人間が近づいても逃げないし、犬が近くまで行って飛びついても、数十センチ飛び上がるだけで逃げ去ろうとはしない。第一、犬が吠《ほ》えないのが不思議だ。このあいだは犬小屋のところでずっと何かを話しているように見えた。

僕たちはこのカラスに密かにジャッケル、という名前を付けている。昔流行ったアメリカのアニメ「ヘッケルとジャッケル」のジャッケルである。

ヘッケルでないのは、昔飼っていた犬の名前がヘッケルだったからである。下手したらあの犬の生まれ変わりではないか、なんて本気で思い始めているんだから困ったものである。

そういえばヘッケルが生きている頃、とんでもないことがあった。ある日、ガレージのシャッターを開けるとボロボロになったカラスが1羽。何者かにやられたらしく、くちばしは曲がり、飛べないくらい羽根は引きちぎられていた。

これはたいへん、と思って、水と何か食べ物を、と急いで取りに行き、そのカラスに近づこうとしたとき、けたたましい声が頭上から響いた。見ると電線にはびっしりとカラスの大群。すごい声で威嚇《いかく》しているのである。

急いでシャッターを閉めて考えてみた。あれはいったい何なんだ？　どうして威嚇されるんだ？

ふと数日前に犬小屋にかなりの血痕と鳥の羽根が落ちていたことを思いだした。そうか……ヘッケルが攻撃したカラスが仲間を呼んだんだ……。さすがにこの数では犬もひとたまりもないだろう。

仕方なしに犬を病院に預けたのだが、カラスの群れは少なくとも数週間は電線にとまり、僕が出て行っただけで威嚇をした。カラス恐るべし、まるでヒッチコックの映画みたいではないか。

そこへいくとジャッケルは人なつっこい。声を聞けばわかる。来ない日は何かあったのではないか、と心配するようにまでなっている。

だいぶ前の話だが、公園を歩いていたら、変なおじさんが奇声を上げながらカラスの群れに向かって餌をばらまいていた。これはまずいだろう、と公園管理事務所に通報をしたことがある。

おじさんには悪いがこれは区の条例違反だ。しかし、もう少し年を取って、僕もああいうおじさんのようにならないとは限らない、と少し心配もし始めている。

飼い主のマナー

この文章を書いている日の朝、ペットが天国に旅立った。フレンチブル。5歳だった。あまりにも早い旅立ちだった。その前に飼っていたフレンチブルが九太郎という名前で9歳までしか生きなかったので、友人が今度はもっと生きるようにと百太郎と名付けてくれたにもかかわらず……。

飼い主の常で、人が死ぬよりも悲しくて、何もしてやれなかったことを詫《わ》びながら、それゆえにさっきから何度も泣いている。九太郎も癌《がん》、そして百太郎もリンパ腫《しゅ》という癌だった。多いなあ、犬の癌。昔は犬の死因と言ったらフィラリアばかりだったのに……。

こういうときって、何が悪かったんだろう、と意味もなく原因を探す自分がいる。ドッグフードか、それとも留守がちだったのがストレスだったのか、それとも犬種ゆえのことなのか。もちろんそんなもの分かるわけもなく、ひたすらいろいろな引き出しを引っ張り出す自分。不憫《ふびん》ゆえの行動だということはわかっている。

実はリンパ腫が見つかったとき、この瞬間を覚悟した。どうやってこの瞬間を迎えるのだろう。どうやったら一番いいのか。何頭も見送ったはずなのにやっぱり分からなかった。

僕の理想の送り方は自分の膝の上で安らかに逝ってもらうことだ。実を言えば一度だけそういう送り方が出来たときがあった。

15年ほど前のことだろうか。16歳の年寄りの犬。テレビにはF1のモナコグランプリが映っていた。何度か心臓マッサージをし、そのたびに息を吹き返すのだけれど、それが犬の本意では無いと感じそのままにした。犬はホッとした顔で旅路についた気がした。不思議と涙が出なかった。一緒に何かを送り出すようなそんな気がしたからなのかもしれない。

今回は残念ながら病院だった。僕が病院を訪ねる間もなく、そのまま逝った。百太郎は薄情な飼い主だ、と思ったかもしれない。でも留守がちで点滴もなにも出来ないうちで死ぬのと、一応痛がったときには薬を入れられる環境とどちらがいいのだろうか、ということはそうとう考えた。

犬の気持ちが分かればいいのに。いや、犬がしゃべればいいのに……。愛犬家なら必ずこう思うだろう。しゃべれない動物は不憫《ふびん》だ。行動分析から感情を読み取れるようにはなっているようだが、犬は犬だ。人間の感情に置き換えるなんて絶対に不可能だ。

飼い主は何を考え、何を優先させるべきなのか。

旅立った百太郎は何を教えてくれているのだろうか。

動物のマナー

僕は割合ワイドショーを見る方だと思う。中味、というよりもトーンとか、ひとつのトピックが短く完結するあの感じが、テレビというメディアに合っているからかもしれない。とはいえ、真剣に見始めるといろいろと疑問も湧いてくる。

重大な世界情勢、残忍な事件、芸能人のスキャンダル、そしてどうでもいいようなニュースが一緒くたに並べられて、同じコメンテーターたちによって語られる。

まあねえ。制作側に立って考えれば、ワイドショーとはこういうものだ、ということはよくわかるのだけれど、なんだかねえ、となってしまうのである。CDでいえば、クラシックのあとに現代音楽があり、そのあとにポップスが来て民謡が来て、最後に自分の子供のピアノ演奏が入っているみたいなものである。これ、全部同じ目線で語るわけ？……。そんなこと出来るわけ？

　とりわけ大きな犯罪などに対するコメンテーターの発言にはずいぶんと違和感を覚える。彼らの発言の前提条件は、ほぼ常識を持った人間に対するもの。だから、やれもっと反省をしてもらいたい、だの謝罪をして罪を償うべきだの。そりゃあ、人としてちゃんとしていればそうすべきだし、やれば出来るでしょうよ。でも人としてちゃんとしてないから、常識が普通ではないからおかしな事になっちゃうんじゃないの？　人間は生まれたときから人間ではない、とはある生物学者の言葉だ。もし狼《おおかみ》に育てられた人間がいたとするなら、それは狼になるのだそうだ。

　当然だろうなあ、とも思う反面、それを目《ま》の当たりにしたらかなりショックに違いない。社会の中で育てられた我々でさえ、実は内側に動物性が潜んでおり、それとどう共存していくかが上手く生きられるかどうかのコツらしい。つまり社会性とはかくも微妙なものであり、内なる動物性が社会性を破って出てきてしまうことはままある、ということである。

　そう考えれば自分の中の凶暴性とか、残忍性とかは説明出来る。そうした矛盾を抱えながら、それでも社会の中で生きていかなければならない我々は結構大変な毎日を送っていることになる。いやあ、常識の世界で生きるってことは大変なことなんです。それにしても、なぜこんな基本的なことを学校で教えられてこなかったのかが不思議でならない。

たぶんコメンテーター達の発言に違和感を覚えるのは、人の動物性を無視した表面的な発言でしかなく、それではいっこうに今後の解決策にならないからだろう。僕は日夜、犬や猫、その他の動物の行動を見ながら、その中に自分を見つけ出そうとしている。人の顔を見上げながら、情けなく腰を振る犬の中にも、何か自分を見るような気がするのだ。

トイレは危険がいっぱい

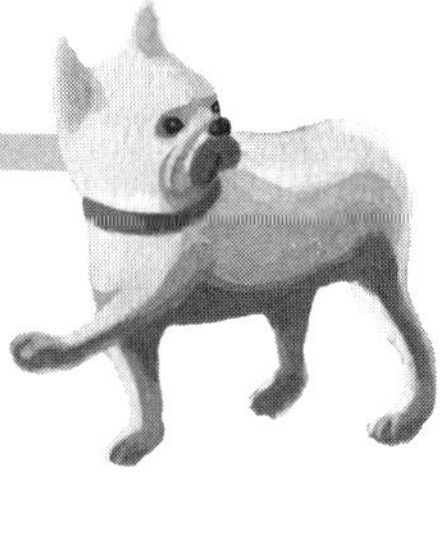

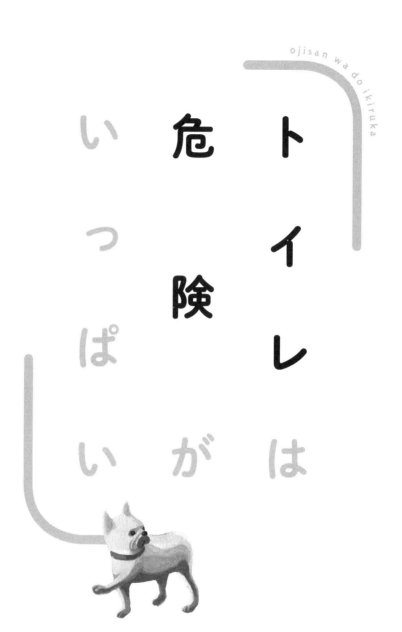

個室トイレのマナー

いつだったか、どこかのホテルでのことだ。寝坊したせいで慌ててチェックアウトをして、自分の部屋で用を済ませてこなかったことを少しだけ後悔しながらロビー横のトイレの個室に入った。

トイレの個室は誰も入ることの出来ない僕だけの城だ。この瞬間だけは僕は本当に一人になれる。とはいえ共同のトイレだから荷物を床に置く気にはなれない。仕方なしにドアに付いているフックのようなものにバッグを引っかけ、携帯電話を取り出し、ゆっくりと用を足そうかとズボンを下ろして深呼吸をする。

携帯のニュースでも見るか、と思っていたところに、バタバタと慌ただしい足音を立てて隣人が入ってきた。この感じからしてかなり切迫している様子だ。案の定、ものすごい勢いでドアが閉まったと思ったらものすごい勢いでガチャリと鍵がかかり、それと同時にベルトを外すカチャカチャという音とともにドスンと座る音がする。

まあ、そのあとのことは擬音化するのにはばかられるので省略するが、僕がはたと思ったのは最後の紙を使うときの音だ。カタカタカタ、どころじゃない。まるでおもちゃの機関銃のようにすごい連続音がする。つまり隣人はものすごい勢いで、ものすごい量の紙を一気に引っ張り出していると思われるのだ。

耳を澄ましていると、一気に引っ張り出した紙をくしゃくしゃと丸めて使っているらしい。それがおよそ2回。たった2回の動きでも、きっと2メートルは使っているだろうな、と思う間もなくバタンとドアの音がして再びバタバタと足音が遠ざかっていく。

昔の山賊みたいな顔を想像した。と同時に紙の使い方って親からいつ教わったのだろう、という疑問が生じた。僕の場合は切り目に沿って6回。きちんと折りながら引き出すから、決してあのような音はしない。カタ、カタ、カタと小さく6回。すでに折りたたまれているから当然クシャクシャという音もしない。

これ、親から教わったものでないことは確かだ。そして紙の使い方なんて、誰とも話題にしてこなかったことに気付いた。リサーチしてみると、まあそのスタイルの千差万別なこと。見事にその人なりのオリジナリティーというかキャラクターが滲《にじ》み出ている。

隣人から漂う臭いを嗅ぐのは御免被りたいけれど、公共の場所は様々なことを学べる場所でもある。そういえば、このあいだの個室では、やはり隣人が入ってきて、ドアが閉まり、ズボンを下ろす音の次にいきなり温水洗浄便座の音が聞こえた。誰かが誘い水としての使い方をするのだよ、と言っていたことを思いだした。待て。そんな使い方をしたらノズルが……。

僕の周りの女子たちはたいてい公共の温水洗浄便座は使わないそうである。

人の家のトイレのマナー

久しぶりに大勢の人がうちに遊びに来た。男5人、女7人。こんなに人が集まることがこのところなかったから最初は心配だったけれど、ラインのやりとりでいろいろと準備を手伝ってもらったこともあり、ものすごくスムーズに楽しく事が運んだ。

やっぱり人が集まるのはいいものだな、と祭りの後のトイレに行ってびっくり……。そこはちょっと悲惨とも言うべき状態になっていたのである。しまった……。男子に座ってやれ、と言うのを忘れていた。後悔してももう遅い。飛沫は四方に飛び散り、なぜ？　というところにまで達している。

ふと考えた。なぜ、こんなところにまで飛び散るのか？　そういえば、男子トイレに入ると必ず小便器の前は飛沫で汚れている。それは水たまりのようになっていることさえある。僕はそれをまたぎながら開脚して用を足す。一歩前進を、などと書かれている便器もあるが、もちろん可能な限り接近をして用を足す。隣のやつに見られたくない、というのもある。だからどうしたって飛沫が便器の外に飛び出しようがない。

実はなぜ汚れるのか知りたくて、色々な角度を試してみたこともある。普通は斜め下方であるが水平にしてみたり、斜め上方に向けてみたり。けれど便器の構造のせいか自分に向かって飛んでくることは一切なかった。

いや待てよ、僕の勢いがないせいなのか。いやいや、そうではない。ホース遊びでするように少し押さえ気味に噴射してみてもあそこまで飛び散ることはなかった。ということは間違いなく犯人は遠くから狙うでもなく漫然としているやつだ。そして最後のひとしずく、ふたしずくが便器の前に落ちるのだ。

話を戻そう。昔テレビである女性タレントが、うちに来る男子は必ず座ってしてもらうことになってるの、と自慢げに言っていた。このとき、僕は少々違和感を覚えたのである。これは強制されるべきものなのか……？

うちによく来る男子は、何気なくうちのルールを伝えてあるからいいのだけれど、初めて来た人には実に言いづらい。目上の人であれば不可能に等しい。では便器に何かそういう合図を貼っておくか？　それもダサい。うちのトイレは公衆トイレではないのだから。それに誰かが言っていた。男は構造上、立ってしないと最後まで出ないんだ、と。そういう習慣の人に強制するのはいかがなものか。考えれば考えるほど厄介な問題だ。

もちろん僕は座ってやる派である。男子用がない限り、必ず座る。ああ、うちに来る男子がみんな座ってしてくれればいいのに。学校でもそのように教えてくれればいいのに。お客を招き入れる側はこの点に於《お》いていつも弱者だ。お客はそのことを考えてもいいと思う。

どんなことにも対応するマナー

僕は気の小さい人間だ。おまけに何かが起こるとすぐにパニックを起こす。生きていくのになにかと大変な種類の人間であると思う。だから非常時の人間の行動には日頃注意して観察をしている。

今だから多少笑い話で言えるのだが、コロナが始まった頃、街からトイレットペーパーが無くなった。またかよ、と思った。何かあるとこの国では……いや世界的にもトイレットペーパーはなぜ真っ先に無くなるのだろう。非常時の人間の心理は上と下、つまり口と肛門に特化するのだろうか？

しかし待てよ、と思う。いざとなったら新聞や雑誌でもいいではないか。トイレットペーパーが今のように柔らかく、心地よく進化する前まではちり紙だった。四角くてごわごわしていて、親からは使う前によく揉《も》むのだ、と教わった。硬い割によく破けて悲惨な目に何度も遭った。当然水洗などないから、あまり大量の紙は使えない。汚いことを言えば、トイレをのぞき込めば上から見えてしまう。だから必要最小限の枚数で工夫しながら使ったものだ。

そうそう、僕は気が小さくて用心深いくせに、気が回らない。今回も気が付いたら世の中からトイレットペーパーが消えていた。幸い、1月に12ロールと12ケースを間違えて、家は大量のトイレットペーパーで溢《あふ》れかえっていたからパニックにはならずに済んだものの、12ケースを前に考えた。これがなくなったらどうするんだろう……。かみさんと相談をし、紙の節約をしようと決めた。

だいたい、女子の紙の消費量は多い。彼女がいない間の消費量はたいしたことないのに、帰ってくるといきなりなくなるのだ。いったいどういう使い方をしているのだろう、ということは置いておいて、とにかくまず1ロールどれくらい持つのか実験をしよう、と持ちかけた。

わりあい素直な彼女はすぐに合意して、それからものすごくケチな紙との生活が始まった。僕はせいぜい20センチくらい。丁寧に折りたたんで短冊みたいな形にして使う。もちろん、これにはお尻洗浄型のトイレは必須だ。つまりこの紙は拭く、いや、あてがうだけに使う。

かみさんは話によればさらに小さく、最終的には5センチ四方の正方形にして使っていたらしい。おかげで1ロール2人で10日間持った。一日何回もトイレに行ってしゃがむ自分がいてこの数字は驚くべき事だ。何ヶ月か続けて、ふと気付いた。ひょっとして紙なんていらないんじゃないの……? タオルでも使っていればいいではないか。

実を言えば最近、トイレットペーパーの消費量が増えている気がする。僕は相変わらずだから、かみさんが勝手に非常事態を解除してしまったようだ。

スマートな男子のマナー

1年前の話だ。その朝は空気が澄み渡っており富士山がくっきり見えた。目のいい人なら登山している人まで見えたかもしれない。いや、それはないか……。

僕とかみさんはなぜかいつもと違うことをしたくなり、多摩川べりを並んでジョギングした。暫《しばら》く走ってちょっと休もうということになり、川を見渡せる高台の公園の中にあるスタバに入った。ここは大好きな場所。一人でも来ることがある。注文したコーヒーを向かい合って飲んでいると、若い女性が横を通り過ぎた。

「知り合い？」とかみさんが言うので、「全然知らないけどなんで？」と返すと、「すごい顔してお父さん（僕のことである）のことを睨んでいたから……」。

あっ……と思った。いや、知り合いだったわけではない。実はスタバに入り、最初にやったことはコーヒーの注文ではなく、トイレだったのだ。ひとつしかないけれど大きくて居心地のいいトイレ。いつも清潔にされている。健康にいいことをしたせいか、ひどく便通もよく、毒素が全部出て行くような気がした。自分でもかつて嗅いだこともないような臭いだった。

困ったな、と思った。このトイレには窓がない。換気扇らしきスイッチもない。しばらく臭いが消えていくのを待って出ようかな、とも思ったのだが一刻を争うような人がいたら悪いな、という思いと、こんな朝からそんなお客もいるまい、という思い込みとですぐにドアを開けたのだ。

するともっとも好ましくない状況が目の前にあった。つまり若い女性が待っていたというわけ。

それにしても僕は睨まれるようなひどいことをしたのだろうか……。ひどく不条理な気持ちになって落ち込んだ。かみさん曰く、男子は全員パワハラ体質、と思い込んでいる女子は案外多いらしい。自分だってどこか被害妄想なところがあるのだという。あの女性は待っているのが女だと知って、こちらがあえて臭い○○をしたとでも思ったのだろうか。冗談はよせ。そんなことが出来るのはスカンクだけだ。

実を言えばつい最近も同様なことが新幹線の中であった。今度は臭いで睨まれたわけではない。ただ出て行っただけですごい顔で睨まれたのだ。若い女子だった。兼用のはずなのに、まるで女子トイレから出てきた男を見るみたいに……。考えすぎだよ、と思われるかもしれない。でもその顔には明らかに「不快」とでかい文字で書いてあった。JRに電話して、男子用の大きい方、を作ってもらうようお願いしたくなった。

でも心の広い僕はその後にこう付け加えるのだ。「緊急の場合は女子も使用可」。男子はみんながみんなパワハラをするわけじゃない。

憧れの女子の家に招待されたときのマナー

憧れの女子の家に招待される……。それってそんなに跳び上がるほど嬉しい出来事だろうか？　僕ならどうやって断ろうかと毎日悩むと思う。

なぜならいろいろな妄想をしてしまうからだ。緊張のあまり気の利いた言葉が出なくて、ただひたすら押し黙る時間、とか、両親が出てきて一緒にご飯を食べなければならなくなり、それが口に合わなくて目を白黒させながら一生懸命のみ込もうとする自分の姿とか……。

70近くなってもそんな妄想をする自分もどうかと思うが、若かりし頃、数少ないチャンスをそうやってつぶしてきたなあ、とふと思いだす。極端に心が弱いと言われればそうだが、その後、話を聞いてみるとみんなそれなりに苦労していたことが分かった。これは昔バンドでベースをやっていたやつの話である。

彼は憧れの女子の家に招待された。夕飯を食べにいらっしゃい、というものだった。彼女が何人家族だったのかは知らない。けれどお母さんとお父さんと、きっときょうだいなんかもいたのではないだろうか。ひとり乗り込んだはいいけれどとても不安に思ったらしい。で、ふとトイレに入った。なぜかトイレに入って出すものを出してしまえば少しは不安も取れると思ったのだそうだ。

トイレは2階にあり、彼は深呼吸……。ここからは多少僕の創作が入る。想像通り、ことが終わるとちょっと気が楽になった。それにいつになく快便だったのだそうだ。さあ、流そうとレバーを押すと、快便過ぎたせいか、それとも紙を使いすぎたせいか流れていかない。それどころかぐっと水位が上がるではないか。タンクに水が溜まるのを待って祈るような気持ちでもう一度レバーを押す。しかし、祈りなど通じるわけもなく、さらに水位が上がり、もう便座のところまで来たのだそうだ。

彼はパンツを膝のところまでおろした格好のまま、便座の上に立ち、泣きそうになった……かどうかわからないけれど、その時下からお母さんらしき人の声が聞こえたのだそうだ。「○○さん、ごはんですよ!」

そして彼はやってはいけない最後の一押しをしてしまうのである。じゃあ君だったらどうする？　と言われたが、僕でもきっと同じことをしてしまっただろう。便器から溢れた汚水はみるみるうちにトイレを水浸しにし、さらにそれが階段を伝って下の方に流れて行く音が聞こえたのだそうだ。そのあとどうなったのか……。

でも案外神様は捨てたものではなく、その後、和気藹々《わきあいあい》とご飯を食べたらしい。いや、彼だからそれが出来たけれど僕なら泣きながら逃げ帰ったと思う。だから憧れの女子ならなおさら、舞い上がってのこのこと出かけていってはいけないのである。

ぷっ音のマナー

我が家では人前で（と言ってもひとりだが）おならはし放題だ。僕の特技は階段一段ごとに音程を換えて連続でおならをすることで、さすがにミュージシャン、と褒めてもらいたいくらいだ。これでテレビに出られるぞ、と聞かせてやったことはあるが、呆れられただけで感心はされなかった。とはいえ、おならをすると嫌な顔をされる家庭もあると聞く。かわいそうに。こんな生理現象を我慢しなくてはならないなんて。

ところが、これがうちではなく他人の前で、となると話は全く変わる。おならなんて一生したことありませんよ、という顔をする。なんという大嘘つき。我慢に我慢を重ねておなかがぎゅるぎゅるといい出す。空腹時の音とは明らかに異なり、音量も大きいから人は明らかに気付く。いや、気付いているはず。気付いて何か言ってくれる人はいいけれど、気にして聞こえなかったように振る舞われることの方が多いのは、まあ立場のせいもあるだろう。ああ、何か言ってほしいなあ。でも、ま、仕方ないか。

その理由もあって、僕は2人部屋に2人で泊まるのはごめんだ。ああいう密室で何が嫌かって、トイレの時に出る音だ。そうっと肛門括約筋を動かしたとしても、出るときには出てしまう。最初のうちはすーっと上手くいったとしても油断したすきにブリッと来る。ああ、苦労も水の泡じゃないか。扉の向こうで何を想像されているか、なんて考えただけでも気持ちが真っ暗になる。どういう顔をして出ていけばいいのだろう。

この年になって2人部屋なんてないだろう、と思われるかもしれないけれど、世の中そんなに甘くない。以前、日本カー・オブ・ザ・イヤーの選考試乗会が地方であったときは、必ず2人部屋で誰かと組まされた。男同士だから恥ずかしがることもないだろう、とも思うのだが、そこは内弁慶のなせる業というか、ダメなのである。

仕方なしにトイレだけは別棟の公共用のものを使用したり、相棒がいないときに、したくもないのに頑張って用を足したり、なかなか辛いものがあった。自分が聞きたくないものは人様も聞きたくないに決まっている。

ああ、我が家は天国だ。天国ではあるが、実はまだ恥ずかしいと思うことも残っている。それは自分が入った直後に入られることだ。うっすらと臭いが残っているだろう空間に入られるのが嫌で、我が家には香水が何本か置いてある。音は許せても臭いはなぜか許せない。

最近、年のせいか、香水をシュッとやるのを忘れることがある。あっ、ごめんよ忘れた！ と言うと、決まって、むしろ可愛いよ、と言われる。複雑だ。逆はやめてくれよ、と口が裂けても言えないではないか。

ojisan wa do ikiruka

男だって身づくろい

勝負パンツのマナー

男の勝負パンツは子供の頃から始まっていると思う。なにもあれは世に言う「勝負のとき」のためだけではない。

では勝負はいつ始まるのかと言えば、いわゆる人前でズボンを脱ぐとき、ということになるのだろうか。ほら、体育の前とかを思いだしてくれればいい。少なくとも僕が小学生の頃は、ほぼ全員、いや、全員が白のへそまである深いブリーフを穿《は》いていた。

勝負がスタートしたのは中学にあがってからか。たぶん、クラスの誰か、ませたやつか、ファッションリーダー的な誰かが深ブリと違うなにかを穿いてきたのだ。僕の記憶ではそれは色の付いたビキニだった。得も言われぬショッキングなものを感じた。生臭いなにかだった。

抵抗を感じつつも、自分も深ブリからの脱出を考えるようになった。もちろん情報もそんなにない時代。ものもない時代。どういうものがカッコ良くて、どういうものがカッコ悪いのかは自分で判断をしなければならない。結局行き着いた先は色物ビキニだった。

へそまであるパンツから股上の極めて浅いビキニに着替えたときのあの違和感はいまだに覚えている。自分が変態になったような気分だった。こんなのを穿いて学校に行くのか……。それでもちょっとみんなの前でズボンを脱ぐのが楽しみだった。いったいそれはどういう楽しみだったのだろう。密かにおしゃれと認めてもらいたかったのだろうか。それともそれは来たるべき「勝負のとき」のためのリハーサルのようなものだったのだろうか。

話が逸れるが、この年代の女子たちが決まって男子アイドルたちに熱を上げるのは、来たるべき自分の恋愛のためのリハーサルなのだ、と思っている。自分の中のエンジンのかけ方、熱の上げ方、どれをとっても気付かないうちにリハーサルをしているのだ、と。

ビキニを穿いたのがリハーサルだったのかどうかは分からない。けれどジーンズを穿くようになり、それもベルボトムで股上がどんどん浅くなっていくと、ビキニはマストになった。そしてトラッドに花が咲き始めると今度はトランクスがマストになった。

僕の中で白の深ブリを完全に抹殺したのは1981年の深川通り魔事件だろうか。犯人が逮捕された時の深ブリ姿を覚えている人はいまだに多いはずだ。

下着姿はさりげなくショッキングなものだ。だからちゃんとしたい、と思う。どんなときにもコンスタントでいたい。「勝負のとき」以外が勝負のときなのだから。

病院のマナー

25歳くらいの頃、おへその15センチくらい下、つまり毛の中に大きなおできができた。痛くて歩くのもままならなくなった。かみさんに付き添ってもらって八王子の病院にいった。病院に行くと当然のことながらパンツを脱げと言われ、40前後の看護師は本心から嫌そうな顔をしながら僕にこう言った。「なんで毛を剃ってこなかったの?」

えっ、それって剃ってくるものなのですか?

なんとも不条理な気持ちになったことをいまだに覚えている。でもそんな経験からか、毛を剃ることはないにせよ、どんなときもきれいなパンツを穿くことを心がけるようになった。

30歳を過ぎた頃、おしっこをちびるようになった。特に真冬のロケで外の寒いトイレに入って小さい方をし、ズボンにしまおうとすると「あっ」ということになるのだ。それが何回か続いたのでかみさんに相談をしたら、前立腺だ、という。前立腺肥大に違いない。

いきなり怖くなった。これは病院行きなのだろうか。病院では何をされるのだろうか。

しかし、かみさんは続けて僕にこう言った。

検査はお尻の穴に指を突っ込むらしいよ。突っ込んでGスポットを刺激するらしいよ。

それはそれは気持ちよくてみんなイっちゃうらしいよ。

そうなのか……⁉

それが本当だとするとちょっと恥ずかしい。いや、そうとう恥ずかしい。頭の中はちょっとしたパニックだ。気持ちよくて腰をくねくねさせながら悶えてる自分が見える。

近くの病院をさっそく予約した。どうしよう……やみつきになったら……。もちろんきれいなパンツを穿いていった。勝負パンツと言ってもいい。

なんてバカな想像をしたんだろう。僕はいったい何を考えていたのか。目の前で50過ぎの毛むくじゃらの男性医がゴム手袋をはめようとしているのを見ながら僕はそう思った。そして同時に自分に激しく呟く。どうか気持ちよくなりませんように……

結論から言えば、痛いだけで何も起こらなかった。起こらなかったことを神様に感謝した。こんなことでおかしなことにでもなったら一生の不覚だ。病院でカッコよくいられることは不可能だ。誰もがこれ以上ないくらいカッコ悪くなる。

病院で死ぬとしたら最後も間違いなくカッコ悪いんだろう。やっぱりトイレに行けなくなってウンチも何もかも全部見られちゃうんだろう。それだけは避けたい……。無駄な抵抗だということはわかっていても。

時代と付き合うマナー

僕は服が好きだ。たぶん、それは子供の頃からだ。なぜだろう。たぶんカッコいい大人に影響されたからだと思う。カッコいい大人とは何だ、と言われてもうまく説明は出来ない。清潔なだけでもないし造作がいいだけでもない。それに伴う何かが人とは違うのだ。

そして周りの大人がその人のことをカッコいい、というのを見て、なるほどと思ったのだと思う。カッコいい大人はバランスがいい。極端な話、頭のてっぺんから足の先まで統一感がある。だから着ているものも当然カッコよく見えたのだろう。

カッコいい人になりたいと思って、服を買うようになった。服でカッコ良くなれるなら誰も苦労しないよ、と今なら思う。しかし、そこは若気の至りというか、中味よりまずはそっちが先だったのである。

あるカントリーシンガーに憧れて同じ服を探した。当時はまだ輸入服などたいして日本に入ってきていなかった時代。同じような服はほとんどなく、仕方なしに似たようなものでお茶を濁した。

その経験があったせいか、ウエスタンファッションにはちょっと一家言持てるようになった。音楽とファッションは切っても切れない。いや、そうでなくてはならない、と思うようになった。

その後、ヒッピー文化が日本に伝わり、その影響を受けたロックミュージックが日本に入ってくると、自動的に僕はそっちの音楽をやるようになり、ベルボトムのジーンズを穿いた。ぴたぴたの花柄のシャツを着て、髭《ひげ》を伸ばし、ドラッグの代わりにたばこを吸った。

いったい自分は何になりたかったのだろう。

服の面白さは空気感に尽きる、と思う。その時代の空気を纏《まと》える、ということは何もしなくても時代の風を感じることが出来る、つまり乗り遅れない気になるのだ。それがどこで作られた流行であっても、毎年毎年、なんらかの新しい風がどこからか吹いてくる。

僕は新しい音楽を買うように新しい服を買う。インプットするという意味に於いては音楽も服もまったく一緒だ。おお、今年はこんな感じなのか……。なんだか勉強が出来たような気持ちになる。

列車の車両に例えるなら、8号車あたりにかろうじて乗りながら勉強している気分だろうか。決して1号車ではない。8号車なのだ。8号車には8号車なりの面白さがある。1号車に疲れて流れてきた人もいれば、15号車から這《は》い上がってきた人もいる。

そんな車両から外を眺めながら、僕は今もなおカッコいい大人になりたいと思っている。

斜め上からのマナー

数年前のことだ。ある音楽番組にピアノで出演した。曲はいきものがかりの「YELL」。

僕がアレンジをした曲だ。カメラはピアノを弾く僕の手元から始まり、やがてクレーンで斜め上方に引いていく。メンバーを含む全貌が見えたところで、別のカメラがボーカルの聖恵《きよえ》ちゃんに寄る、みたいな感じだったと思う。

2度くらい撮り直しをした。1度はスイッチングかなにかの問題だったが、もう1度は僕がミスタッチをしたのだ。テレビの収録はいつも緊張する。初めてテレビに出たときのことが蘇ってしまうのだ。

あれは1960年代。TBSの「ヤング720」という番組にアマチュアで出たときのこと。ＡＤの「○秒前！」みたいな声で頭に血が上り、よくわからないうちにスタートし、バンジョーを弾く指はもつれ、それでも撮り直してくれ、などとは到底言えず、打ちのめされたような気分で帰った。司会の２人の、俺たちには関係ないね、みたいな表情だけがなぜか頭にはっきりと刻まれている。

そう、今でこそもう一度お願いします、なんて言えるものの、内心はあのときのあの感じのままだ。

わきの下に変な汗をかきながら、そのままの場所でプレイバックを見る。打ち合わせ通り、カメラは僕の指にフォーカスを合わせている、そして例の「○秒前！」が始まる。

僕の指は妙に丸い。カッコ悪い指だ。指ブスコンテストがあったら断然上位に行くだろう。フォーカスが合うとその指がぎこちなく動き出し、クレーンはそこから上昇する。

ふうっと引いてピアニストの全貌が見えたとき、僕は啞然《あぜん》とした。「なんだこれ⁉」

「誰だ⁉　これ？」

そして僕はこう思った。「誰か他のピアノ弾きに差し替えられた！」。しかしなぜ？

あの指は紛れもなく自分の指。そこからカメラのスイッチングなしになぜそんなマジックが出来たのか。それにしてもなんと屈辱的な。なにも今演奏をした直後に他人のものを見せなくても……。

頭の中をぐるぐるといろいろな思いが巡る。720のスタジオ。もつれる指。もうおまえは時代遅れなんだよ、というような声。かーっとなった。恥ずかしくて逃げだしたい気分だった。

しかし、よく見るとそのピアノ弾きのおじさんは僕と同じ衣装を着ている。自前のこの衣装と。「あっ……」。今度は言葉にならない声が自分の中に響いた。

それ以来、僕は様々な毛生え薬を試し、撮影の際にはくれぐれも上からは撮らないように、とお願いするようになった。

おやじなりのマナー

デカい服が流行っているのである。それをだらしなく着るのが、流行っているのである。

手が隠れるくらい長い袖をぶらぶらさせながらでろんとタックイン（シャツをズボンに入れること）せずに着る。あるいはものすごく太いパンツをずるずると穿く。

オヤジにとってはありがたいファッションの再来だ、なんて言っているとそれはとんでもない誤解だ。だらしないのではなくルーズに着るのである。

だらしないとルーズはどこが違うのかといえば、作為があるかないかの違い、である。おじさんには寝起きの頭にしか見えないようなつんつんしたヘアスタイルも、あれは当人にとっては作為なのである。

　これがわからないようなら、真似はしない方がいい。しかも厄介なことに作為があるにもかかわらず、やつらは（と敢えて言う）自然に見せようとしやがる。おじさんは当惑し、もう現代には生きていけない、と嘆き……なんてことはないだろうけど、今どきのファッションはさっぱりわからん、とさじくらいは投げるだろう。

　昔、渋谷で「ジーパンお断り」と書かれたレストランを見たことがある。いや、渋谷だけでなく、至る所にあったような気がする。あれを思い出すとき、なんだか得も言われぬ感覚になる。

　あの貼り紙は間違いなく剝《は》がされたはずだが、どんな気持ちで剝がされたのだろうか。今でも割合見るのが「短パン、サンダルお断り」というやつ。これもいつの日か見なくなる日は来るのだろうな、と思う。パリやミラノのランウェイでは、とうの昔から短パン、サンダルファッションは常識じゃないか。

　僕は服の物持ちがいい。ざっと1970年代からの服がごろごろある。実は物持ちがいいんじゃなくて、捨てられなかったのだ。

　その中にバブル全盛の頃のでかいスーツが2着ほどあって、さすがにこんなものは着られないと捨てる時期を探っていたのだが、このあいだ、こっそりと着て出かけた。デカい服が流行っているんだからひょっとしたら、と思ったのだ。

さすがに上下で着ると、当時のディスコ通いの遊び人みたいになるので、ジャケットだけ着たら案外いい気分になった。ふふふ、欲しくてもこんな昔のものはもう手に入らないぜ、ってな感じだ。

昔夢中になって買い漁った某ブランドの「ビッグオックスフォード」やら、「ビッグポロ」やらが手元にないのが悔やまれるが、まあ、昔のものの中に何か探せばデカくていい物はあるだろう。

おやじの作為。果たしてやつらは理解してくれるだろうか。

お洒落のマナー

お洒落ってなんだろう、と思う。自分はお洒落なのか？　自問自答し続けてウン十年。いまだに分からないでいる。ただ、小学校の担任が昔言った「お洒落ではなく、身だしなみがいい、と言われろ」という一言が頭のどこかに残っていて、どこか後ろめたい気分でいるのも確かだ。

服を買い続けて50数年。まあ、自分で服が買えるようになってからと考えればそれくらいだろう。いったいどれほどの服を買ったことか。稼ぎの半分近くはこのどうしようもない消耗品に費やしてきたような気がする。気が付けばそのほとんどはクローゼットから消え、今どうしているのか、考えるだけで心が痛む。第一、服を買う、ということと、お洒落である、ということは違うものだと、もの心が付いてからうすうす気付いてはいた。男のおしゃれがある種のダンディズムだとしたら、ただ服を買うだけで達成出来るわけもない。20代の頃は自分のスタイルを決める、ということに執心をした。自分のスタイルはこれ、と決めたらぶれない。じじいになるまでそれを貫き通すのがお洒落なのではないか、と。実際、30半ばくらいまではそれで行ったと思う。トラッド、フレンチトラッド。どこか枠を外さないオーセンティックなファッション。同じようなものばかり買った。本職である音楽も、ファッションに同調するように狭く深く追求するようなところがあった。

あっ、と思ったのはその30代半ばだろうか。理想のスネアドラムの音を追求し、ドライな深いサウンドをどうやって録音するか、なんてやっているうちに、周りはゲートリバーブの世界（つまり人工的なエコーと言えばわかりやすいかな?）そして音楽そのものもそれありきの音楽になっていたのだ。しまった、乗り遅れた……。ものすごく焦ったことを思い出す。音楽は飽きられて必ず次のステージに移行する、という大原則をこのとき痛感したのだった。さて、自分のスタイルを貫き通すのは外側ではない、と気が付いてからというものファッションの考え方ががらりと変った。ダサい、と言われても、痛い、と言われてもいい。とにかく新しい風を取り入れるようになった。あっちが流行ればそれを買い、こっちが流行ればそれを買う。およそ節度のないこと甚《はなは》だしい。しかし、そうやって風に流されるようにしていると、ふとポップミュージックの芯の部分が見えてきたような気がした。そして、なによりも今の音楽を楽しめるようになった。きっと味覚も、文化も同じなのだろう。こんな重要なことが服を買うことで分かるようになるのなら散財だって安いものだ……と思うようにしている。

ojisan wa do ikiruka

おじさんたちは仕事ぶりに“人”が出る

年下と接するときのマナー

自動車評論家業界にひとまわり上、つまり12歳年上の先輩がいた。僕がこの業界に足を突っ込んだのは1980年代後半なのだが、このときすでに彼は高名な人だった。目つきが怖い印象があった。初めて話をしたのは僕がやり始めたばかりのクルマの番組でだったと思う。カメラが回る前に恐る恐る挨拶に行った。

彼はぎょろっとした目で頭のてっぺんから足の先まで眺めたと思う。いや間違いなく眺めた。一瞬ヘビ、ではなくガマガエルに睨まれた子ガエルみたいになって身構えた。「おい、そこの若いの」とは言わなかった。まるで同年代か、むしろ目上の人に接するような言葉遣いで僕に接したのだ。言葉遣いだけではなかった。内容も、ちゃんと人をリスペクトしている風だった。人の話を一生懸命聞き、そして丁寧に答えた。

ふと、意地悪な考えが頭をもたげた。僕の本業は音楽だ。他業種だと思っているからこんな言葉遣いをしているに違いない、と。それに会ったばかりだからこうなのであって、何度も会ううちに挨拶もされなくなるに決まっているさ……。ところが彼はそうではなかった。挨拶に行くと、必ずテーブルから立ち上がって僕に頭を下げる。人と談笑中でも、だ。12歳も年下の、しかもわけのわからないような業界に住んでいるやつなのに、どうしてこの人はこうなのだろう、と不思議でならなかった。

正直に言ってしまおう。僕はいつも居心地が悪かった。12歳年下には12歳年下の接し方があるだろう。敬語なんて必要ないんだよ。頭を下げられた日には僕はいったいどうしたらいいの……？

90年代にトークショーのツアーがあった。東京と大阪と京都。彼と2人のトークショーだ。普段からあの距離感だったから、話はあまり深いところまで行けずにかなりフラストレーションが溜まった。

夕ご飯の席で多少は距離が縮まるものの、それは2、3センチ程度のもので、やっぱりどこかで会えば同じ態度。けれどこれが彼のスタイルだとだんだん分かってきて、僕の接し方も少しずつ変わっていったように思う。こういうスタイルもあるんだな、と思う一方で自分のスタイルについても考えた。年下の人間に敬語を使う場合もあるし、そうでない場合もある。初対面ならたいてい敬語を使うが、慣れて親しくなれば敬語はなくなる。ずっと敬語でいる関係は……これ以上踏み込まれたくない場合だろうか。

そういえば彼は僕の家の隣の隣、距離にして10メートルくらいのところに住んでいた。入り浸るにしても入り浸られるにしてもちょっと鬱陶しい距離だ。だから彼の敬語はそれを見越してのものだったのかもしれない。距離感と敬語、これで何か論文が書けるような気がしてきた。

敬語のマナー

年上の人には敬語、というのが僕の中のデフォルトだったと思う。どんな場合でも年上は年上。先輩の係長より昇進して課長になったとしても、必ず敬語は使おう、と心に決めていた気がする。

そんな考えをぶち壊したのがドラムの林立夫《はやしたつお》だ。大学2年の頃に知り合った同い年の彼は、年上のミュージシャンにも平気でため口をきいた。ただしよく聞いていると、言葉はちゃんと選び、高い声をさらに少しだけ高くして、そこにリスペクトを込めているようにも見えた。

ああ、これは生活の知恵だな、と思った。だってセッションをするときに、変な敬語を使うよりも距離が近くなって音楽がやりやすいではないか。僕も彼に倣《なら》って、ミュージシャン同士親しくなったら年上でもため口、というルールをこっそりと作っていった。時が過ぎ、若造だった僕も新米ではなくなり、周りがどんどん年下になっていくと、まあ敬語を使う機会はぐっと減り、ルールなんて考えたことすら忘れていった。

そんなときに全く違うフィールドで仕事を始めることになった。クルマの仕事だ。40歳ちょっと前くらいのことではなかったか。全く違う世界に飛び込んだとき、僕はそれまで着ていた服を全部剝がされて丸裸になった気がした。

だから当然、全員に対して敬語を使った。それがどんなに年下であろうと。それからうん十年。気が付けば70歳目前である。いまだに20も離れている人間に敬語を使う僕。何をやっているのだろう。

ミュージシャンほど親しくなれない、というのが要因なのか。セッションもないし。それに前述のモータージャーナリストの先輩も、ひとまわりも離れている僕にいつも敬語だった。つまり、この世界はお互い、そんなに近づかなくたって成立できる世界なのかもしれない。

再びミュージシャンの話に戻る。だいぶ前に佐野元春《さのもとはる》くんをラジオのゲストに招いた。ほぼ初対面。ということで僕は年下の彼を佐野さん、と呼び、番組内では当然敬語。ちょっと変な気分だったけれど、まあそんなに親しくもないからいいいや、くらいに思いながらやった。

ところが1年ほどして今度は彼のショーの演出をやることになった。最初のうちは佐野さん、のまま。でも、リハーサルを進めていくうちに、やはりというか、だんだん敬語が取れていく。そして気が付くと、あれ？ 向こうもため口だぞ。年下なのに……というのは冗談だけど、久しぶりにこのかさぶたの取れていく感覚を味わった。あのむずむずするような、ペリッと行くようなあの感じ。

敬語は大事な文化だと思う。けれど、リスペクトさえあれば、なくしてみるのも面白いと思う。お互いに2歩くらいずつ、近寄れるような気がする。

駆け出しのマナー

1970年代の音楽制作現場は今とはまったく違っていた。

都内には大きな録音スタジオがいくつもあり、どこもいつもいっぱい。広い駐車場にはスタジオミュージシャン達の立派なクルマがはみ出さんばかりに停まっていた。ミュージシャンの総数は分からないが、実際は一握りの売れっ子達が毎日いくつものスタジオを飛び回っていたようだ。

1曲1時間なんて贅沢すぎるほどで、演歌なんかは1時間に3曲近く録っていたらしい。まるでオートメーションだな、と思ったことを思い出す。

彼らが演奏するための譜面を書くのはもちろんアレンジャーの仕事。これまた一握りの売れっ子アレンジャーがほぼ毎日、徹夜のように作業しているんだ、と聞いた。

駆け出しのアレンジャーだった僕は、スタジオに行けばロビーの隅の方で小さくなっていた。

今日はこのあと、どこへ行ってどこへ行って、などと大声で話すベテランミュージシャンたちに混じることも出来ず、自分の書いた譜面にこっそり目を通すだけ。ロビーの一番いいところには「先生」と呼ばれる売れっ子アレンジャーが陣取っている。そちらは堂々とラジカセから音楽を流し、譜面を書いていたっけ。

僕は当時かみさんとつきあい始めたばかり。彼女は少しばかりスタジオ経験が長かったから、何かといろいろなことを教えてくれた。

その中で最も印象的だったのが、東海林修《しょうじおさむ》さんという一番の売れっ子アレンジャー(であり作曲家)の話だ。彼はラジカセを2台並べて、譜面を2つ並べ、それぞれに違う曲をかけながら右手ではこちら、左手ではこちらの曲を編曲するのだという。それくらいしないと間に合わないらしい。

その話を聞いたとき、僕にはこの仕事を続けられる自信が全くなくなった。無理だ。頭の中を2分割にするなんて到底無理。ものすごく落ち込んだ記憶がある。だから受けられる仕事は時間がかかってもいいものだけ。細々とやっていくうちに時は過ぎた。40年ほど……。

そして数年前、ついに東海林さんと話をする機会に恵まれた。もちろん僕が聞きたかったのはその話。彼は小さな声で笑ったかと思うと「そんなこと出来る訳ないじゃないですか」と言った。そして「もしそんな場面を見たとするなら、1台が壊れていたんだと思いますよ」と付け加えた。

その瞬間、そうだよな、と激しく納得した。

もしこれが駆け出しの頃だったら真実を教えてもらえたのだろうか？　いや、これで良かったのだと思う。

バンドのマナー

この年でバンドを組むことになった。以前のバンドから約45年ぶり、ということになる。なんだそりゃ、である。

以前のバンドは本当に辛かった。これで上手くいかなければ何か働き口を見つけなければならず、そのあてもなく、だから必然的に一生懸命にならざるを得ず、そうは言っても共同生活は苦手で、もういったいどうしたらいいのよ、といった感じ。

バンドは迷走し、なにかあるたびに僕はマネージャーに口答えしていた。そのせいか、おまえなんか干してやる、と何度も言われ、だんだん登校拒否（？）気味になり、最後は僕抜きでいろいろと進むようになっていった。

幸い、それが僕には良かったようで、ひとりで音楽の道を歩む決意が固まっていった。

ああ、バンドなんか二度とやるもんか！　と心に誓ったことを昨日のことのように覚えている。

テレビを見るたびにいまだに思う。一見仲良しに見えるこのバンドも結構大変なんだろうなあ……。いいときはいいだろうけど悪いときは地獄だろう。でも続けなきゃならない。面倒くさい。面倒くさすぎる。だからバンドなんか嫌なんだよ。

ところが去年の中頃だったたか、僕は昔のそのバンドのメンバーに誘われて二つ返事をしてしまったのである。

なぜあんな面倒くさいものを再び引き受けたのか。理由はいくつか考えられる。一つ目は、自分にはれっきとした仕事があり、バンドは遊びなんだ、と言い聞かせることが出来たこと。二つ目はキャリアを積んだことで昔よりはだいぶ自信があったこと。三つ目はそのキャリアのせいで固まってしまった枠を広げたいと思ったこと。四つ目はバンドイコール悪い記憶、のまま死にたくない、と思ったこと。

まあ、そんなわけでバンドの4人は、昔懐かしの居酒屋に集合し、その後に楽曲をそれぞれ作り始め、それらを持ち寄ってリハーサルスタジオに集合した。コロナが騒がれるちょっと前だったと思う。あのときの妙な感覚はなかなか言葉では言い表せない。くすぐったい感覚と懐かしい感覚とちょっとした恐怖感があった。久しぶりに下手な歌を歌うのも憂鬱だった。

それでも僕たちはレコーディングに入った。僕の中のルールはたった一つ。誰かがこうしたい、と言ったら必ず受け入れる。それだけ、だ。けれど面白いもので、気が付いたら12曲はあっという間に録音されていた。あの頃は出来なかったものが一瞬にして出来てしまった感覚だった。

バンドっていったい何なんだろう、と考えた。ある瞬間だけ何かを共有する場所？そう考えるとなんだか納得がいく。つまりそこに体重を思い切りかけてはいけない、ということらしい。

コンサートのマナー

僕がつくづく自分の人間性を見ることになるのが、このコンサートにおいて、である。基本的に自分の作ったコンサートはたいていPAコンソール（音響調整を行う場所）の近くで見る。なぜならコンソールの傍は邪魔だし、下手したら騒がしいし、チケットとしてはあまり売りたくない場所だからだ。でも逆に音はそこに合わせてあるからベストかもしれない、とも思う。照明的にもだ。

そう、実は一番前なんてかぶりつきなだけでろくな席じゃない。近くで見てあらは探せてもどこも楽しくなんかあるものか。ところが、客として招待される場合、気を遣われてものすごく前の席だったりする。いやはや、困ったな、と思う。

音が悪いからではない。前は気を遣うのだ。気を遣われてかえって気を遣う。これはいったいどういうことかと言えば、前後のお客に気を遣い、出演者にも気を遣わなきゃならんからだ。

自分で演出しているショーならどう見ようが勝手だ。腕を組んで苦虫をかみつぶしたような顔をしていたってそれもありだし、立ち上がって一緒に騒いだってそれもありだ。周りは許してくれるだろう。

けれどお客として行った場合、これは立つべきか、いや、座って見るべきか、迷うようなシーンがたくさんあるのだ。特に前の方の席だと、後ろの方がどうなっているのか分からない。いたずらに立ち上がって後ろの人から「見えねえよ!」なんて怒鳴られるのはいやではないか。

かといって黙って座っていたら出演者は、この客はつまらないと思っているのか? なんて思うかもしれない。実はステージ上から案外お客は見えていたりするのだ。この板挟みに遭いながらいったいどうすべきかを悩んでいたらショーを楽しむどころの騒ぎじゃない。ああ、どうしてこんな席を……。

大昔、U2のコンサートでサブステージの真ん前の席に通されたことがあった。おお、ここにボノたちは出てくるわけだな……と思っていたら、案の定、コンサート中盤でメンバーたちが僕の目の前に現れた。そして始まった曲の途中でボノがなんだか怪しい格好をした。あっ、来る……と思ったら、ボノは両手を広げて客席の方に倒れてくるではないか。

いや、そうではない。まさに僕の上に倒れてこようとしている。僕は慌てて立ち上がり必死にボノを受け止めた。ぐにゃっという感触が手のひらにあった。ちょっと太めのお腹だった。それよりも倒れてくる瞬間の彼の顔をよく覚えている。彼は僕の目を見て「申し訳ありませんね」という顔をした。

コンサートは観客も出演者も気を遣っているのである。

名付け親のマナー

由実さんの担当ディレクターはデビュー以来、今まで何人かいたが、ラッキーなことにほぼ全員いい人ばかりだった。レコード会社のディレクターなどというと、なんとなく業界っぽくて、それっぽい格好をして肩で風を切って歩いているイメージがあるが、それとは正反対。まあ、堅いレコード会社だったせいもあるかもしれない。

N村さんは彼女にとって2番目のディレクター。就任したのは1980年代中頃だったか。風体はねずみ男みたいで痩せて顔色も悪く、でも性格は明るく、いつも変な冗談ばかり言って周りを笑わせていた。だから僕も大好きだったのだが、いかんせん、いつもおどおどして気が弱く、プロデューサーである僕との力関係で言うと、王様と奴隷みたいだった。

本来なら対等であるはずなのに、僕の前ではやたらおどおどするものだからだんだんそうなってしまったのだ。とはいえ、そんな関係もそれなりに居心地がいいらしく、おかげで僕も居心地が良かった。

あれは80年代終わりの頃だったか、僕とマネージャーと彼はレコーディングでロサンゼルスにいた。確かミックスの作業で、あの頃は毎年1ヶ月近く滞在していたと思う。スタジオとホテルの行き来だけの単調な毎日だった。

ある朝、彼が例によっておどおどしながら僕の所にやってきた。「あのう、子供が生まれるんです……」。どうやら今日明日のことらしい。帰りたい、ということでもないらしい。「そうか、それはおめでとう。それじゃ名前を付けてやらないとな」と僕。

のちに本人から聞いたのだが、この言葉を聞いた瞬間そうとう焦ったらしい。もうすでに名前の候補は決めてあったらしいのだ。とはいえ、もしここで断ったら僕が機嫌を損ね、下手すると由実さんごとレコード会社移籍！……などと思ったか思わなかったか……。

「それは最高です。期待してます」これが開口一番の言葉である。困っているのはお見通しだった。顔に思い切り書いてある。第一、こっちだってそんな責任あることなんてできるものか。

案の定、翌朝、彼は例によっておどおどしながら僕に近づいてきてこう言った。

「あのう……決まりましたでしょうか……」「ああ、決まったよ」「はっ……」

一瞬青ざめたのが分かった。

「で何と?」「N村、フランダースの犬!」

この時の彼の安堵に満ちた顔はいまだに忘れられない。数年後の2人目の子供の時も僕たちは偶然ロサンゼルスで一緒で、僕は「N村名犬ラッシー」と名付けた。彼は「やっぱりね」と言って笑った。

ちなみにフランダースの犬は現在、某航空会社のパイロットになっているそうだ。

インタビュアーのマナー

ゲストを迎えてのインタビューラジオ番組をもう何年もやっている。相棒もスポンサーも何回か代わった。ある意味地味な番組であるからレーティング（聴取率）もたいしたことないはずで、局のスポンサー探しは毎回苦労しているらしい。

そして4月からはついにスポンサーがいなくなり、ついでに相棒もいなくなり、スタジオから追い出されて、僕がゲストのところに出向いて収録をするという超エコなスタイルになった。

ちなみに番組のタイトルは「おでかけラジオ」（ＴＯＫＹＯ　ＦＭ）というものである。これでワンクールやってスポンサーが付かなければ僕の長いインタビュー番組生活はピリオドを迎える。ま、それならそれでいいとも思っている。

なにしろインタビューは疲れる。全身全霊をかけてインタビューをしているのだから、それは疲れるに決まっているのだが、疲れ方は尋常ではなく、もう2時間ほどのインタビューを終えると運転も出来ないほどになっている。

けれどなぜかインタビューは楽しい。深いな、と思う。こちらが一生懸命になればなるだけ深いものが返ってくる。通常なら返ってくる。もう数百人はインタビューしたはずだが返ってこなかった例は3人くらいだ。

そのうちの1人はアイドルタレントで、執拗《しつよう》に質問を重ねられたのが辛かったらしく、収録が終わる頃、そういう質問は私が本名の時にしてください、と半べそをかきながら言った。

本名でメディアに出ることなんかないわけだから、まあこの先この人の本心を聞くことはもうないだろう、と思っていたら、ひょんなことから本心を聞くことになった。ああ、こんな形で聞くのなら、番組でしゃべってくれてもよかったのに、とも思ったが、まあアイドルはアイドルなんだから仕方なかったんだよね、と思う。

本心を聞き出そうと追い込んでしまった僕にも問題がある。けれど人の本心は尊いものがある、と思っている。美しいとさえ言える。たとえ、それがイメージの悪い話であろうと、本心に勝る説得力はない。

ああ、いい話だなあ、なんて思いながらどんどんそのゲストのことが好きになっていく。結局、人間が好きになっていくことが人の幸せなのかもしれない。

ところで、ラジオが終わってしまっても、僕はインタビューを続けていこうと密かに思っている。こんなところに書いてしまっては密かでも何でもないけれど。

もちろん全力で臨むことがこの仕事の絶対条件だ。疲れ果てて翌朝死んでいても、それは本望である。

リポーターのマナー

あれはマスターズゴルフ3日目が終了したときのことだった。2日目までトップと1打差だった松山英樹《まつやまひでき》選手はトップに大きく置いて行かれた。といって彼が崩れたわけではない。彼がプラマイ0だったのに対し、トップが大きく伸ばしてしまったのだ。ゴルフの世界ではよくあることだ。

まあ最終日がもう1日あるから、という望みもあるのだけれど、ここまで差を付けられるとちょっと自信も打ち砕かれているかもしれない。そんな状態でのインタビューだった。

松山選手はインタビューが苦手だ。根が正直なのか、すべて態度に出てしまう。特にこのような状態でのインタビューはいつ見ても、見ている方が苦しくなる。リポーターもそれを充分に承知しているようで、絞り出す声も苦しそうだ。

「今日一日はどうでしたか？」。どうでしたかって、スコアを見れば明白だ。トップはあんなに伸ばしているのに松山選手は伸ばせなかったのだ。しかし、リポーターとしてはどうしても聞かなければならないこの質問。この双方の苦しさの滲むやりとり。グリーン上の戦いがまだここまで持ち越されているかのような、そんな雰囲気である。

松山選手はしきりに自分がコントロール出来なかった、というフレーズを繰り返す。それはもちろん本心だろう。しかしそこから話は展開しない。それが彼としては精一杯なのである。そして最後に、リポーターとしては聞かなければならない「明日はどうしますか？」という質問にも、「自分のゴルフをするだけです」と本当に苦しそうな顔をし、「ありがとうございました」というリポーターの「あり……」くらいのところで立ち去ってしまったのだ。

あ〜あ、辛いインタビューをここまで我慢したんだから、あと2秒我慢して、礼をして帰れば良かったのに……なんてテレビで見ているこちらは思うわけだけれど、真剣勝負をしているのは選手なわけで、心を乱すようなことは勘弁して欲しい、と思うのはよく理解出来る。

一方のリポーターも、これはプロの試合なんであって、カメラの裏側にはたくさんのファンがいるわけで、選手の声を届けるのは義務なのであって……本当はこんな状態でのインタビューなんてしたくないよ、というのが本音なはずだ。

インタビューって難しいな、と思う。もし、試合がまだ終わっていないとしたら、途中でインタビューをされるのは勝っていても嫌なものかもしれない。そういえば2日目の終了後、別のリポーターが松山選手にやたら陽気にインタビューしていたっけ。首位に1打差だったんだからそんなムードだったのだろう。松山選手のひどく迷惑そうな声が印象的だった。

演出家と俳優のマナー

演出家にマナーなんてあるものか、と同業者は言うだろう。果たしてそうかな、と思う。

僕は舞台演出をやり始めて40年。そのほとんどは音楽のショーの演出だったが、ここ数年、俳優たちと一緒にやる音楽劇をやっている。

自ら脚本も書いているこの企画は、相当エキサイティングだ。何しろ、脚本も芝居の演出もほぼ素人のようなものだから、なるほど、と思わされることとの連続。この年にしてこんなに知らないことがあるとは……。ひやひやする中に生きがいとは何か、の回答を見つけているような気がする。

そんなわけだから、たとえ年下でも俳優の意見は尊重する。相手は僕の年齢と音楽歴を尊重してくれているようだが、いやいや、芝居歴ではそちらの方が長いでしょ、というわけだ。俳優と演出家はどう付き合うべきか、というのはこの音楽劇での課題だったが、2年前にちょっとしたヒントをもらった。

それは蜷川幸雄《にながわゆきお》さん演出の音楽劇の音楽を担当させていただいたときのことだ。初めての顔合わせのとき、僕は結構ドキドキしていた。なにしろ灰皿が飛んでくるらしいから。初めて会う人間にいきなり灰皿など飛ぶものか、とどこかでは思っていてもやはり怖い。なるべく口数は抑えようと心に決めた。

稽古が始まってしばらくして、あるシーンのディテールのところで、灰皿は飛んだ。うそだ。灰皿は飛ばなかったが、蜷川さんの怒声が響いた。登場の仕方が悪い、という。それは本当にディテールでしかなく、なんでこんなことに怒らなければならないのだろう、と僕は不思議に思った。

怒られている俳優は、ある意味「蜷川劇団」の人だった。ひどい言葉を浴びせかけられながらもこの人はバッタのように謝り続け、稽古は続いた。「不条理」という3文字が僕の頭の中に浮かんだ。こんなやり方をしてもこの人の演技は良くなるわけない。それどころか萎縮するばかりではないか。

しかし、ふと目をやると、そこでは蜷川劇団ではない、ゲストの俳優が黙ってそれを見つめていた。蜷川さんは自分の身内を怒ることで、このゲストに自分の求めているものを見せているのだ、と気付いた。なるほど、これが彼のやり方だったわけだ。

世の中にはいろいろな演出家がいるらしい。怖い人、怖くない人、譲らない人、優柔不断な人。でも、それぞれの演出家にはそれぞれの俳優との付き合い方がある。俳優はまず、それを知ることがカンパニーの一員としてのマナーなんじゃないか。

撮影のマナー

写真が撮りにくい時代になっている。下手にカメラを向けようものならトラブルになったりする。なにげに撮影した写真もどこかにアップするときには注意しないと写り込んだ人から訴えられるかもしれない。やりにくい時代になったものである。

ところで僕の大好きなカメラマンにH氏がいる。彼の撮る写真はとても自然で暖かい。理由は写り込んでいる人たちがある意味油断をしているからだ。撮られている感が少なくて、だから街の匂いまでもがリアルに感じられる。写真集を何冊も買った。

ある番組の企画で、なんと彼と構成作家のK氏と僕とで写真対決をやることになった。いったいどんな企画なんだ、と思う前にハワイだという。憧れのH氏の撮影現場が見られるいいチャンスじゃないか。思いきって行ってみようということになった。

ハワイに着いて、いざレンズを向けようと思ってもやっぱりなかなかシャッターは押せない。怖いのだ。ふとH氏の方を見るとなにやらカフェに座っている女性2人連れをもう撮影しているではないか。すごいな。こちらが勇気を振り絞って、八百屋のオヤジに写真を撮ってもいいか、と聞いているうちに向こうはもう違うカップルを撮っている。嬉しそうに。

これは最初から完敗が見えている。何とかしなきゃ。そこで僕はスパイ大作戦を採ることにした。撮影する振りをしてH氏に近づいていき、どうやって撮らせてもらっているか盗み見るのである。

果たしてH氏はターゲットをバーガー屋の太ったおばさんに定めたようだ。するすると近づいていくH氏。耳を澄ますと日本なまりの英語が聞こえた。写真を撮ってもいいか、と聞いている。普通だ。いぶかしげな顔をするおばさん。しかし次の瞬間僕は耳を疑うような言葉を聞いた。

「女優さんか、モデルさんですか？　あまりにきれいだったものでつい……。あ、僕は日本で有名なカメラマンで、こっちで写真を撮っているのです。モデルエージェントもたくさん知っているので日本に来たらここに連絡してね……」

名刺を渡している。

太ったおばさんがモデル？　女優？　エージェント？　ふと見るといぶかしげだったおばさんの顔が嬉しそうになっている。ＯＫなんて言ってる。おいおい、そりゃあまずいだろう。日本に来て本当に電話してきたらどうするのよ。

彼はどこに行ってもそのスタンスを終始崩さず、従ってかなりの確率でナンパに成功していた。嘘、いい顔、暖かい写真、節操。いろいろな言葉が頭の中を交錯する。それでもプロは結果が命だ。そのためには何が何でも突っ込むのだ。たとえ訴えられようが。それが出来ない僕は家で犬でも撮影するしかないらしい。

知ったつもりのマナー

だいぶ前の話になるが、ひょんなことからいけばな池坊550周年のイベントを演出することになった。東京国際フォーラムのホールAでやるという。それにあたって華道のデモンストレーションがヒントになるかもしれないから来ませんか、とスタッフに言われ、都内のとあるホテルの宴会場に出かけた。宴会場にはちょっとだけひな壇が作られ、客席は簡易的なスチール椅子。前から2列目のほぼ真ん中に通された。こんな前の席、嫌だから後ろにしてよ、と言ったものの、これから大事な仕事をしてもらわなくちゃならないんだから、ここで見てください、と言われた。定刻になると司会者が「○○妃殿下がお出ましです。ご起立ください」と言った。ん？　なんだ？　何が起こったんだ？

一瞬キツネにつままれた気持ちになっていると、隣でスタッフが怖い顔で僕に立つように促すではないか。正直なところ、なんでゲストのために起立しなければならないんだ、という気持ちになった。しかし、ここは別世界。一同起立をし待っていると、高円宮妃がにこやかに、しずしずとお出ましになって、僕の前の席に座られた。

ちょっと待て。みんなで起立するような人が僕の真ん前。息を吹きかけたら「きゃっ」と言われそうな距離だ。こんなのありか？　そう思うと、デモンストレーションなんか全然目に入らない。入ってくるのは妃殿下のうなじだけ。いかん、見てはいかん……。

そんなことがあってから数ヶ月。いろいろと準備をし、550周年イベントの日を迎えた。書きたいことが山のようにあるのである。コンサートならみんな僕の言うことを理解してくれるのだが、ここは別世界。もう本当に大変だった。開演直前のリハーサルではもうだめか、と思い、幕裏にみんなを集め、高校生野球大会の前みたいに円陣を組んで、奇跡を起こそう、と檄《げき》を飛ばし、僕は客席に向かった。ええい、もうどうにでもなれ！

客席は満杯。よくもこれだけの人が集まったものだ。そのうち、センター通路うしろの、いわゆるVIP席に当時の総理大臣、歴代総理大臣、それにテレビで見たような大臣たちがぞろぞろと現れた。うそだろ……。まもなく、司会者が彼らの名前を一人一人読み上げてこういった。「それでは皆様、ご起立ください」

通路を挟んで彼らの前に座っていた僕は例のデモンストレーションを思いだし、待ってました、とばかり真っ先に立ち上がる。ん？　なんだ？　誰も立ち上がらないぞ？　待てよ？　慌てて後ろを振り返ると、立ち上がっているのは大臣たちと僕だけではないか。客席の視線が嫌でも注がれる。大臣達と目が合う僕。もちろんその後始まったイベントのことはほぼ何も覚えていない。

意識のマナー

鰻屋《うなぎや》での夕食のあと、チョコレートコーティングのアイスクリームが買いたい、というのでクルマでかみさんとコンビニに立ち寄った。常備しておきたいのだったら8個くらいは買っておいたら？　と言ったら6個だけ買ってとことこと戻ってきた。だいたい、いつも人の言うことを聞かないのである。その2個のせいで悔しい思いをするかもしれないのに……。ところでコンビニのレジでギョッとされた、という。6個でも買い占めだと思われたのか、それとも自分が何ものだかわかってしまったのか、どちらなんだろう、と聞かれ、そんなものはわからん、と答えた。確かに8個買ったら買い占めだと思われるかもしれない。でも6個なら気が付かれたとみるべきかもしれない。僕はこういったどうでもいい話が割合好きだ。なぜなら似たようなことに出くわすことがごくたまにあるからだ。

日本人のうちの9割は僕のことを知らないか興味がないだろうと思っている。下手したら9割8分くらいそうかもしれない。そしてその残りのうちの半分が僕のことを嫌悪し、残り半分がちょっとだけ好意を持っているのではないか、と。つまりそのごくごく希《まれ》に好意を持っている人に出くわすと、不意に頭を撫でられた野良犬みたいにどうしたらいいのかわからなくなり、おかしなリアクションをするのである。なんだか今、意味不明なことを言ってしまった気がするぞ……。

少なくとも僕の5倍以上は顔が知れているはずのかみさんのリアクションはもっとひどい。冬眠から目覚めた熊に急に出くわした人みたいになったり、外国人のふりをしたり、あの意味不明度といったら、隣にいる僕がびっくりするくらいだ。いったい彼女はどれくらいの人が自分のことを知っていて、どれくらいの人が知らないと思っているのだろう。そしてそれは普段から意識すべき問題なのか、そうではないのか。

タクシーを多く利用していた頃、ドライバーが面白い話をしてくれた。あのお笑いの大御所みたいな人を乗せることが多いんですわ、それから悪役で有名な◯◯さんもね。どちらが感じいいと思われますか？

話を聞いた時点から答えはなんとなく想像が付いていたが、案の定、お笑いの大御所は終始ムスッとして口の利き方もぞんざい。それに対して悪役はすごく丁寧にいろいろな話をしてくれる、という。怖い話だ。そうやってイメージは人から人へ伝わってしまうのだろうか。お笑いの人はいつも人を笑わせていないとムスッとしている、と言われ、悪役はちょっとでも普通の口の利き方をすればいい人、と思われるだけなのではないのか。

イメージは人が作るものであり、人は限りなく千差万別。気にしだしたらきりがない。だから何も考えないことよ、というのがとりあえずの彼女の結論であるらしい。

原稿のマナー

裏話をしよう。実を言えば今回、新聞連載のために原稿を3つ書いた。まず1つ目が没にされた。没にされた理由は、書いてはいけない、いや、いじってはいけない方々の話を面白おかしく書いてしまったからだ。

だめ、と言われたとき、そうなんだ、と頭では理解したものの、なぜ？　という感情がこみ上げてきて、2つ目の原稿は完全没覚悟で思い切り下ネタを書いた。なんだろうねえ。僕にはこういうところがある。2度目は安全にいくのではなく、挑戦的になるのだ。大多数の安全よりも少数の興味を惹《ひ》きたいからだと思う。

そしてそれも晴れて没になり、まあいろいろあってこれは3つ目。それにしてもこれがよくて、あれはいけないのか。判然としない気持ちはいまだにあることはある。愛情があればそれでいいじゃないか、という気持ちがどこか心の中にあるのだ。

先日のこと、ある友人がフェイスブックにとても汚い話をアップした。面白い話ではあったものの、それを見て僕は食欲を失った。いや、これは参った。げんなりする。たまりかねてコメント欄に「アウト！」と書いたら、こっそりとメッセージで「投稿取り消します」と来たので、いやいやそのままで、と返した。だって読み手に取り消させる権利なんてどこにもない。でしょう？　そして僕は考えた。

投稿する側にははっきりと見えているものがある。それは少なくとも彼にとって載せてもセーフな出来事なのだ。ギリギリだけどセーフ。ところが今回、下ネタ好きの僕が食欲をなくした。つまり、その文字から浮かんでくる景色が彼と違ったのだ。これに気付いたとき、ちょっと目から鱗《うろこ》が落ちた。

文字は送信された途端、外に出る。家の中から外に。最近、誹謗《ひぼう》中傷の書き込みについていろいろと論議はあるようだが、つまり、それは包丁を振り回しながら外に出た、と考えれば捕まっても仕方のないところ。少なくとも調書くらいは取られるはず。いや、これはちょっとした抗議でとか、冗談でとか、そんなつもりなのかもしれないし、書き込みたくなる人の気持ちは分からないでもない。だってそれは心を動かされたことの証拠でもあるわけだから。

文字のある世界はある種のゲームのようなものだと思う。節度をわきまえた上でのゲーム。その節度の解釈がいろいろあるがゆえにトラブルも絶えない。でもトラブルを通して学んでいくこともある。なるほど、こういう考え方もあるのか、なんて。

また没にされたぜ、と家でぼやいていたらかみさんに言われた。「いったいいくつだと思ってるの?」。まあね、そりゃそうなんだけど、ギリギリの話も面白いよね……。ま、成長出来ない部分もあるのが人間である。

リトマス試験紙の前のマナー

チャンネルを回せばどこもコロナの話ばかり。ああ、辛気《しんき》くせえ。テレビなんか消しちまえ！　なんて言いながら10分もしないうちに真剣にテレビを見ている自分。なんだかなあ。今って誰もがそんな気分でいるのかもしれない。

心のどこかにものすごい緊張感があり、どこか解放されたい気分があり、さらには悲壮感と正義感が入り交じって得も言われぬ気持ちになる。誰かこの気持ちを表す新しい言葉を作ってください。もはや誰もどこにも逃げられないこの事態。人間を試されるリトマス試験紙のようでもあるな、とどこか傍観的になっている自分もいる。

マスクをするか、しないか。現在のところ諸説あるようだ。感染していない人はマスクなんか付けても意味がない、などという話をよく耳にする。しかし感染しても症状が現れない人がいるのだとしたら……。やっぱりマスクは必要な気がする。

実を言えば、僕が相棒ともう30年以上やっているクルマの番組があるのだが、狭い車内でのトークの撮影が終わって戻ってくるときに、相棒がポツリとこう言った。

「大丈夫です。コロナじゃないですから……」

「えっ、それはどういう意味ですか？」

「いや、家内が急に具合が悪くなって、出先で歩けなくなったんですよ」

「それで？」

「仕方なしにそのまま病院に連れて行ったんだけど、あまり要領をえなくて、別の病院に行っても同じでした」

「それ、ヤバいんじゃないですか？　ひどい倦怠感《けんたいかん》だって言われてるし、すぐには検査結果は出ないし……」

マスクも付けずに平然と話をする彼に一瞬頭がくらくらとし、そこからは息を止めて撮影に戻ると一目散に消毒と手洗いである。そんなことをしたって手遅れかもしれない。どうしてくれる、という感情がこみ上げてきた。もし彼が感染していて、僕がうつされていたとしたら、この先彼に対してどのような気持ちを持つことになるのだろう。

今や誰から感染したか特定出来ない感染者が多くなってきているものの、特定できる人たちもいるわけで、この人たちは感染源になった人のことをどのように思い、過ごしているのだろう。聖人のように、やむなし、と出来るものなのだろうか。難しい問題だ。もし僕が感染し、それが家内に感染し、もしも、みたいなことになったら、きっと平静ではいられないだろう。でもだからって彼が感染者とも限らないではないか。少なくとも今は。次の週の撮影では嫌がる彼にマスクを無理矢理付けさせ撮影をした。ちょっと申し訳ない気もしたけれど仕方あるまい。今はそういう時期なのだ。ちなみに彼の奥さんはだいぶ良くなったそうである。

01/29

なぜだか今年の正月は充実していたように思う。おせちの食べ方に無駄がなかったことが一番。お客の呼び方がうまくいったことも理由のひとつだ。そのせいか気が付くともう2月だ。お正月は無駄があった方がいいのかもしれない。

02/26

由実さんの苗場コンサートから帰ると、あたりはもう春の気配、というのが毎年のことになっていて、今年もそうだった。苗場のあの雪は一体なんだったのだろうか。まるで夢の中の出来事のようだ。

03/26

ゴルフのラウンドをした。半年ぶりなので、その前3日間練習場に通った。だんだん腰痛がひどくなり、本番の日には歩くのがやっとでボロボロ。空振りまでした。頭だけ体育会系、というのは始末が悪い。

04/23

天皇陛下の御製《ぎょせい》と皇后陛下の御歌《みうた》に曲を書かせていただくことになった。一部報道では全部僕が作ったことになっているけれど、それは間違いで、皇后陛下の御歌の部分は由実さんだ。これだけはちゃんと書いておいてくれ、と由実さんが言っている。

05/28

由実さんのツアーも終わり、ホッと一息といったところ。実は最後の2日間、由実さんはぎっくり腰の恐怖と戦っていたのだ。動けなくなったらいったいどうなっていたのだろうと思うと、今でも背筋がぞっと凍る。

06/25

これから忙しくなるというのにぎっくり腰になった。トイレにはのけぞるようにして座り、脱いだパンツが穿けない。そんな中、昔のバンド仲間からもう一度バンドをやらないか、と言われた。バンドからは45年くらい離れているからなあ。はて、どうしたものか……。

07/23

8月から始まる舞台版「トムとジェリー」の音楽を書かせていただいた。来年がアニメ誕生80周年なのだという。アニメを体験していただけにやりやすかったのだが、今回は舞台。「しまった！」とならないことを祈るばかりだ。

08/20

佐野史郎《さのしろう》さんのライブに、SKYE（スカイ＝鈴木茂《すずきしげる》、小原礼《おはられい》、林立夫《はやしたつお》）とともに出た。久しぶりに10曲以上弾くことになり、前日は一日中練習していたら指が腫れて痛くなった。何事もほどほどにしないといけないと思った。

09/17

家で音楽の制作作業の毎日。ところで台風15号の中、作業をしていたら深夜いきなり停電になった。現代人は電気を取り上げられたらかなりお手上げだ。これで携帯まで取り上げられたらどうなるんだろう。キャンプでもして鍛えてみようかな。

10/29

忙しくないようで忙しい毎日なのが不思議だ。変わったところで言えば、雑誌の企画でお取り寄せ品の食べ比べを依頼されたが、事前に自腹でやっている。予習をしなければ本番だけでは自信がないのだ。今回は30万ちょっと。毎回複雑な気持ちである。

11/26

スキー連盟のイベント、LGBTのイベント、映画音楽、クルマの審査、写真展の準備など、てんでバラバラな仕事で年末を迎える。どんな1年だったかと聞かれても、上手く答えられる自信がない。いい年だったかどうかは健康診断の結果如何《いかん》だ。

12/24

毎年、暮れになると風邪をひく。訳もなく、厄落としだと思うようにしている。それにしても今年の厄落としは長くかかっている。しかもありとあらゆる症状が全部出た感じだ。新しい年はさぞかしスッキリと迎えられることだろう。

2020年日記

01/28

年末から忘年会、新年会と続いて、気が付いたら1月が飛び去っていた。そしてこの時期は恒例の苗場のコンサート。40年目を迎える。時間はいったいどうなっているんだろう。あさってには今年が終わるような気がする。

03/03

花粉なんだか風邪なんだかインフルなんだか、はたまたコロナなんだか、果たして初期の自覚症状だけで区別が付けられるのだろうか。なんだか自信はないが、過敏になって寿命を縮めるのがもっとも悪いと思う。

03/31

近況と言えばコロナだ。にっくきコロナ野郎。そのうち退治してくれる。見てろよ。なんて言いながら一方でトイレットペーパー限界節約に挑戦している。けちけちやっていたら1ロール2人で10日間持った。人間を甘く見たらいかんぜよ。

04/28

昔、あんなに苦手だった皿洗いが好きになっている。というより家事はかみさんに任せられない、という気になっている。完璧じゃないと気持ち悪い。コロナが終息する頃、僕は主夫になっているのだろうか。

06/02

ステイホームで、この機とばかりキッチンに立っていたら、イタリア料理が大得意になった。ああ、いろいろなやつに食べさせてやりたいと思う今日この頃。しかし、今一番食べたいのはお茶漬けである。

06/30

バンドのレコーディングが再び始まっている。デビューライブは年内はもちろんないが、そもそもライブなんてなくていいんじゃないの？　って心のどこかで思っている。だって今さら人前で歌うのは恥ずかしいし、年寄りは緊張のあまり死んじゃう可能性もある。

07/28

応援村、というなんとも説明のしがたい組織の委員を始めた。ここでは何でも応援する。コロナ対策も、災害の被災者も、もちろんスポーツも。これから起こる何でも。応援、というスタンスが気に入っている。そのうち詳しいことを書こうと思っている。

08/25

空前の大恐慌が世界を襲う、と言われているものの、なんだか実感がない。僕は狂ったように服を買い、そして料理を作る。それはある日、突然出来なくなるのだろうか。なんとも不気味な時間が流れている。

09/29

話題の厚底ランニングシューズの最新版を手に入れた。運動不足の年寄りが、まるで若者の如く高速で走れるのに驚いた。タイムが出るわけだな、と思っていたら翌日股間の筋が違っていることに気付いた。痛くて歩けない。素人がプロ用なんて使っちゃいけないって事だな。

10/27

12月1日発売の由実さんのアルバムが、いよいよ最終工程に入った。振り返ってみると、よくここまできたものだと思う。奇跡が何回か起きてアルバムには命が宿った。そして僕は精根尽き果てて、セミの抜け殻のようになった。

12/01

愛用していた歯磨きペーストが製造中止になり、新しいやつを色々試しているのだが、いまいちしっくりこない。どこか体が拒否反応を起こしているような気さえする。こういうものは食べ物よりもセンシティブなのかも。

01/06

不思議な年末年始だった。クリスマスは何もやらず。94歳の母親のことを考えて、お正月に実家に行くのもやめた。それでもおせちは食べた。儀式だから松飾りは飾った。誰も居ない真夜中に近所の神社にお参りに行った。寒さだけが〝正月感〟だった。

02/03

最近の僕の敵は「反射」だ。反射的に反応するのは動物としては大事かもしれないけれど、人間生活をスムーズに動かすには「ため」が何より必要なんだと思う。だけど通信速度や情報速度がどんどん速くなっているんだよな……。

ojisan wa do ikiruka

女心探検隊

女性を見るときのマナー

女性と会うとき、まずどこを見るか。今は下手すると「セクハラ」と訴えられる時代である。もちろん顔から見るようにしますとも。それも目だ。目を出来るだけ合わせるようにすれば何の問題もないだろう。

けれど思わず、それが出来ないときもある。意識的に目を見ようとして、顔を上げていく段階で胸に目が止まったりしたときは一大事だ。一刻も早く顔を上げなくちゃ、とようやく目線が相手の目に到達したときの安堵感。

いや、しかしなぜか相手の顔が曇って見えるぞ。こちらの目線があそこで止まったことに気付かれたのか。そんなつもりはないのに、ただTシャツのロゴが気になって目線が一瞬止まっていただけなのに、それは冤罪《えんざい》というものだ。と思わず叫びたくなる自分。

難しい時代である。

小学生の頃、胸派かお尻派か、どちらかを選ばされた。もちろん悪友たちの間で、だ。母親が貧乳だったせいか、胸にはあまり興味が無く、お尻だ、と主張した。お尻がカッコいい方が胸がカッコいいよりもいい。結構早熟だったのかもしれない。

何かの本に、人間の裏側のハイライトがお尻だ、と書かれていたのを読んだことがある。確かに表側には顔もあるし胸もあるし、おへそだってある。裏側には背中とお尻しかないもの。お尻がハイライトになるのは当たり前だ。それに、変な話だけど、お尻なら見つめていたって、気が付かれなければ変なことにはならないではないか……と思っていたけれど、嫌らしい目線というものは後ろから放たれても気が付くものらしい。男性諸君、気を付けるように。

でもこの年になると、そんなものもどうでもいい。もはやお尻にも胸にも興味が無い、と言ったらちょっと言いすぎかもしれないが、お尻や胸に歴史は刻まれない。刻まれるのは年と引力だけ。むしろ手である、と言いたい。

手は歴史だ。これまでの人生の何から何まで知っている。しかも裸だ。そう思うと、見ずにはいられない。いやはや、いろいろな手があるものだ。華奢《きゃしゃ》な手から立派な手。子供っぽい手から大人っぽい手。若い頃たばこを吸いすぎたのか、不健康そうな手もあれば、やたらぷくぷくした手もある。さて、おまえはどういう手が好きなんだ、と言われても答えられないところが胸やお尻と違うところでもある。

ここに署名を、と言われながらボールペンを受け取り、サインをする。ふとそのボールペンを返却するときに相手の手を見る。一見普通に見えるこの人にも人に言えない秘密がいっぱいあるのだろう。そしてこの手はそれらを一つ残らず全部知っているのだ。と思うと、なにやら悶々《もんもん》としてきてしまう自分は、やっぱり変かもしれない。

親子のマナー

性教育は難しい、と思う。たぶん、それには「恥じらい」という感覚が大きな影響を及ぼしているからだ。

幼稚園の頃、同じクラスの仲良しの女の子と立ちションをしようとして、あるべき所に何もないことにえらくショックを受けた。今でも胸をえぐられるようなあの感覚を覚えているくらいだからよっぽどだったのだろう。

さっそくその晩、母親とお風呂に入っているときにその話をした。母親は一瞬厳しい顔になり、「つまらないことを言うんじゃないの！」みたいなことを言った。激しい口調で。

えぐられた胸に多量の塩と唐辛子を塗り込まれたような感覚に陥った。これはつまらないことなのか？　これを聞いてはいけないのか？　やり場のない気持ちで僕はその場から逃げ出したくなった。まるで自分は罪人になったようだった。

それからどれくらい経ったのか、数ヶ月なのか数年なのか、ちょっと覚えていないが、僕はある晩父親に呼ばれた。ちょっとそこに座れ、と言う。大事な話があるときオヤジは決まってこうだった。そしてオヤジはこう言った。「おまえ、子供はどこから生まれてくると思う？」。さすがにコウノトリとは思っていなかったから正直に答えた。「お腹からだよね？」。するとオヤジは僕の想像もしなかった質問をするのだ。「お腹のどこら辺だ？」

一瞬詰まった。そんなことを考えたこともなかったからだ。「ここらへんかな」とおへそのちょっと下あたりを指さすとオヤジはすかさず続けた。「おまえ、ママのお腹に傷なんてないだろう……」。確かにそうだ。結構大きなものが出てくるお腹に傷がないのはおかしい。自分の好奇心のなさを一瞬恥じたが、次の瞬間得も言われぬ感情が僕を襲った。「おまえな、生まれてくるのはここらへんだ」

ものすごくショックだった。とっさに僕は子供としては言ってはならない一言を発してしまうのだ。「僕はオヤジを軽蔑する！　絶対に許さない！」。父親はさぞかしショックだっただろう。けれど僕だってショックだったのだ。

あの晩、母親はたぶん、自分に対しても好奇の目を向けられるかもしれない、という恐怖があったのだと思う。そして怒ったのはいいが、それに対するジレンマが生じて父親に話した。父親は、それでは自分が、と言って僕に性教育をしようとした。そしてひどい目に遭った。

親子の間に起こるこういったやりとり。解決もせぬまま年を取ってしまった。すべては闇の中だ。でもこういったやりとりの中に親との距離感を身につけていったのではないか、と今は思っている。

毛のマナー

「正隆さん、騙されたと思って、一度試してくださいよ」

「いやいや、僕、もともと毛がないんだから必要ないってば」

「いや、だけど違うんですってば。もうつるつる、ほら、足とか手とか、すごいですよ。

僕はもちろん、あそこもないです」

「それってみんなと一緒にお風呂に入るときとか恥ずかしくないの？」

「最初はちょっと抵抗ありましたけどね、もう慣れちゃいました」

美容院のオーナーでもある彼は、僕の髪の毛を切りながら、新しく始めたブラジリアンワックス（脱毛法の一種）をやれという。僕はものすごく不思議な気持ちになりながら話を聞いていた。

男の体毛が邪魔なもの、というふうに言われ始めたのはいつ頃からだっただろうか。初めてそんな記事を目にしたとき「うそ！」と思った。なぜなら、僕の思春期の頃は体毛こそ男らしさの象徴だったからだ。

００７シリーズでジェームズ・ボンドを演じたショーン・コネリーの胸毛を見て、若大将の加山雄三《かやまゆうぞう》の胸毛を見て、毛深くない僕は親を恨んだものだ。

いや、それどころか、サインペンで胸毛を書いてから海水浴に行ったりした。今思うと相当恥ずかしいが、サインペンだとわかるような中学生の胸毛を周りの大人はどんな目で見ていたのだろう。

当時僕の母親はわき毛の処理をしていなかった。それが恥ずかしくて母親に処理をするようお願いをしたことがあったのだが、「この変態！」とでもいうような目で見られ一蹴《いっしゅう》。子供の僕は相当傷ついたことを思い出す。

わき毛の処理は当時何割くらいだったのだろうか。というよりも、わき毛があるのが普通、という時代があったというのが、今考えると興味深い。

その一方で毛に対して異常な興味を持ち始める自分。水着のピンナップをルーペで凝視しながら、それを見つけ出したときの感動。おっと、失敬！　危ない危ない。けれどアンダーヘア厳禁令が少し緩くなって、割合どこでも見られるようになると、あの興奮はいったい何だったのだろう、と思うようになった。

むだ毛の処理法はどんどん変化し、ブラジリアンワックスの名は誰もが知るようになった。今や女子には当たり前、男子にもある程度当たり前。その魔の手はこのじいさんにまで伸びようとしている。恐ろしい。もし子供がいたら、10年後には「ワックスくらいしなよ！」と怒られているかもしれない。

毛と毛に対する感情、いや毛に対する美意識は時代とともに変わる。こんな面白いものもないと思う。

階段のマナー

新幹線ホームに向かうエスカレーターに乗ろうとしたとき、ちょっと急ぎめのうら若き女性が僕の脇をすり抜けて行った。これだけならよくある光景だ。その女性は僕の4段くらい上に行ったところで前方の人の大きな荷物に遮られ、それ以上歩いて上がることを諦めざるをえなかった。やれやれ、かわいそうに。けれど列車が到着して待っている気配もないし、そんなに急がなくてもいいではないか。

なんて思っていたとき、ふとこの女性は後ろを振り返って僕の顔を怖い顔で睨んだ。スカートのお尻のあたりを押さえながら。ちょっと待て。なんだそれ？　ひょっとして覗かれたと思っているわけ？　先に行こうとしたのは君だし、第一そんなスカートを穿いてきたのも君だし、覗いてないし、覗く気もないし……。

実はこんな経験は一度だけではない。気が付いただけでも数度ある。そのたびに思うのだ。女子の心理はわからん。

だから短めのスカートの女性を見かけたら、エスカレーターでも階段でも前を歩くように心がけている。人を押しのけて前に行くなんて紳士じゃないわね、と思われてもいい。やむを得ず後ろを歩く場合は、真下を向くかあらぬ方向を見るように心がける。たとえ階段を踏み外してよたよたと転がりそうになっても、睨まれるよりはましだ。

不条理だ、と思う。そんなに気になるならなぜそんな短いスカートを穿くのだろう。

そういえば、最近はスカートの下に穿く見えてもいいパンツがあるという。それは男のサルマタを連想させて色気がないものらしい。それをアンダーウェアの上に穿くのだという。しかし、こんなことを言うと軽蔑されるかも知れないけれど、ちらっと見えれば同じことじゃないか、と思う。パンツはパンツだ。それを見て興奮する男もいるだろう。だから自己満足でしかないかもしれないぞ、と思う。

覗かれたり、触られたり、見せられたり、と女性の多くは痴漢経験があるようだ。さぞかしトラウマになるのだろうな、と思う。

そういえばテレビで電車内の痴漢行為をした、と冤罪で捕まったサラリーマンの話を見た。そうなのか、冤罪でも捕まってしまったら一生を棒に振らなければならないのか、と愕然とした。一方で痴漢行為をされても怖くて何も言えない女性の話も聞いた。自分が女子だったら間違いなくこっちだ。電車の中で大声なんてなかなか上げられるものではない。まあどちらにしても満員電車は戦場だ。

そのうち男子は全員両手をあげて乗らなくてはならなくなるかもしれない。少なくともその車両に女子が1人でもいたら、その周りの男子たちは全員手を上げる。その姿を想像すると滑稽だ。

ojisan wa do ikiruka

おじさんの毎日

コミュニケーションのマナー

ＳＮＳで悩む娘、いや孫に「そんなものやめてしまいなさい」と言ったことのある方々は結構多いのではないか、と推測する。悩むくらいならやめればいいのに、と思うのは当然である。けれど、昔のことを思いだしてほしい。電話が一家に1台だった頃、電話がかかるたびに親に干渉された経験は多かれ少なかれあったはずだ。

「誰なの、こんな遅い時間に電話かけてくるなんて！」

でも、そんな干渉をする親だって電話のない時代、手紙のやりとりで苦労していたことを知っている。やれ、手紙を勝手に開封しただの、差出人が誰なのかだの。

それぞれの時代、悩みもそれぞれ。それはいつになっても変わらない。プライバシーとはいったい何なのか。でもそれよりなにより、当事者たちの手紙のやりとりにはそれなりの、電話のやりとりにもそれなりの悩みがあった。それは相手からの返事を待つ時間によって増幅された。まあ、これは今でも変わらないな。

ただ、違ってきているのはタイム感だ。手紙の時代は郵便の回収、配達の時間を諦める必要があったし、電話は仕事中ならかけられない、という現実を受け止めなければならなかった。もちろん深夜の電話は一人暮らしでないとなかなか難しいものもあった。けれど今はどうだろう。仕事中だろうが何だろうが、待ち時間を思いやれる人は少なくなったのではないだろうか。メール、SNSは手紙と電話のいいとこ取りだ。どんな時間だろうと勝手に送っておけば読んでおいてくれるだろう。しかし、そこにタイム感が加わるから話がややこしくなる。やれ、何分経っても既読スルー……？

ネットの中には人としてのマナーのかけらもないような書き込みサイトがある。こういうサイトを見るにつけ、人はこの混沌《こんとん》の中から何か新しいルールを見つけようとしているのではないか、と思うことがある。わざわざ汚い言葉を使い、相手の感情を逆なでするようなやりとりをし、どういう結末を迎えるのかは分からないが、とにかく吐き出すことで何かを解消しようとしているのが見える。

我慢をしない、というのが今のコミュニケーションの元にあるような気がする。気持ちを我慢しない、時間を我慢しない……。誰もが我慢をしなかったらそりゃあ世の中めちゃめちゃになりますよ。至る所でトラブルが起こる。でも、実際街でそんなことにはなっていないところを見ると、やっぱりみんな我慢をしているということでしょう。新しいマナーはこうやって生まれていくのだと思う。この落差の中にどう共存していくのか。どこに鈍感になりどこに敏感でいたらいいのか。

ＳＮＳをやったことのない親はぜひ一度試し、一緒に悩んでみたらどうだろうか。

影響を受ける際のマナー

子供の頃はまだ本が好きだったように思う。毎月のように届いたドリトル先生シリーズは、もう夢中になって読んだ。あの不思議なSF体験はあの本でなければ味わえないものだった。いまだに浮かぶ風景をはっきり覚えているくらいだ。

中学に入ってぱたりと本を読まなくなった。理由はよく分からない。読めなくなったのだ。最後に読んだのは川端康成《かわばたやすなり》の「雪国」。それも動機はたいしたものではなく、もらったカレンダーの最後の活字のサンプルの「トンネルを抜けると……」の先に興味を持ったからだ。面白かったかと聞かれてもよく分からない。その後、本は一切読まなくなり、代わりに漫画を読むようになった。

作家の川上弘美《かわかみひろみ》さんと会ったのはラジオの仕事で、だった。本は読めないのに事前の予習のために本が送られてきた。申し訳ないけど本当のことを言おう。読めませんでした、すみません、と。

川上さんは初めて会うなり、自分は人の顔と名前が覚えられない病気なんです、と言われた。ハッとした。それなら僕も同じ病気だと思ったからだ。収録は淡々と進んだが、実を言えば覚えているのはこの一言だけだ。僕の病気は彼女より深刻らしい。あ、そうだ。大学でSF研究会に所属していた、ということも覚えている。ふと彼女の本を読んでみようか、と思ったのはそのSFのせいかもしれない。

しかし読み始めたのはいいが、進まない。目は2ページ目まで行っているのに頭は1ページ目の2行目で止まっている。もう一度最初に戻ってやり直し。これは続かないな、と思ったものの、内容が面白そうなのでがんばってみた。

そしてふと気付いた。リズムだ。僕の中のリズムと違うから頭に入らないんだ。これが分かったとき、目から鱗が落ちる音が聞こえた。これを機に彼女の本をトイレに置いて、雑誌に飽きたら見るようにした。トレーニングでなんとかなるかもしれない、と思ったのだ。

ラジオの収録から3ヶ月は経っただろうか。ある日、すらすらと読める自分がいた。そして狼狽《ろうばい》した。えっ、なぜ？　どうして？

リズムだ。彼女のリズムが移ってしまったのだ。読んでいるうちに、それは僕を蝕《むしば》み、気が付くと同じリズムになっていたのだ。たぶん、この文章のリズムも彼女の影響を受けている。内容まで影響を受けるのは時間の問題かもしれない。

さて僕は、すみません影響を受けてしまいました、と謝るべきなのか、いったいどうしてくれるんだ、と抗議すべきなのか、どちらなんだろう。

ランナーのマナー

僕がジョギングを始めたのは39歳の夏。成人病になりたくなかったからだ。幸いうちを出て5分も行かないところに大きな公園がある。公園にはジョギングにもってこいの1周1.6キロほどの外周路がある。

当時、昼間は子供専用だったが、夕方になるとぽつりぽつりとランナーが繰り出していた。もちろん僕はランナーというにはおこがましい、ウォーカーに近いランナーだった。

同じ時間に繰り出すと、だいたいいつも同じようなオヤジたちが走っていた。僕は大多数のランナーとは逆回りに走った。そのほうがお互い危なくないと思ったからだ。何しろ目は前にしか付いていないのだから。

僕と同じ方向に走っている人はほとんどいなかったが、ただひとり、僕を見つけると懸命に抜いていくオヤジがいた。

どうみても僕よりは15、いや20は上だろう。ステテコみたいなへんてこりんな格好で、斜めになりながら僕を抜いていくのだ。手には手ぬぐいを持って。そうでなくとも危ないから逆走しているのに、このオヤジは体が触れる寸前の距離で抜いていくものだから、僕は毎回ヒヤッとし、そして頭にきた。このやろう、いつか抜いてやる。ヒヤッとさせながら。

そんな事を考えながら走っていたら、ある日前からとんでもない集団がものすごいスピードで近づいてきた。明らかに陸上部だ。しかも超一流だ。すれ違いざま、まるで竜巻に飲み込まれたみたいな感じになった。風もさることながら走りの圧力に圧倒されたのだった。

それからというもの週に2度はこの連中と遭遇するようになった。グループの先頭は手を横に出し、後続者に僕の存在を知らせながら走り去っていった。

振り返ると紫色のジャージに、「駒澤大学」の文字が見えた。なんだか走りにくくなったなあ、と思いながら、それでもジョギングをしていると、ある日走っている駒澤の学生の一人がすれ違いざまささやいたのだ。「こんにちは……」

辺りを見回したけれど僕以外は誰もいなかった。若い学生が僕のことを知っているのか？　まさか……。正月、テレビを見ていてびっくりした。まさにそいつが走っていたのである。

それ以来、ごくごくたまにではあるが挨拶をしてくれる部員が出てくるようになった。こうして僕は駒澤大学陸上部の、そして箱根駅伝のファンになった。毎年激励もするし、キャプテン交代の報告も受けるようになった。

きっかけなんてどこにあるかわからないものなのだ。

歩行者のマナー

クルマに乗る生活が長かったせいか、人混みの中を歩くのが苦手になっていた。

いやいや冗談なんかではない。レーンも何もないだだっ広い空間を、一方通行も何もなく、人はなぜ人にぶつからずに歩けるのだろう。人はコウモリなのか。そして僕はいつからこの野性を失ってしまったのだろうか。

スクランブル交差点でも、地下鉄の出口でも、僕は50年前のロボットのようにぶつかりそうになっては避け、避けるつもりがぶつかりそうになり、なかなか目的の方向に行けない。気の弱さゆえ、そのたびに受ける敵意にも似た視線に思わず下を向き、気が付けばおかしなところに出ていてびっくりする。

もっとも、クルマを運転していたって僕にはこの傾向はある。交差点で曲がりたいのに曲がれない場合は迷わずまっすぐ行き、高速のランプを降りられない場合は迷わず通り過ぎる。そして、気が付くと道に迷っている。僕がよく遅刻をするのはそのせいだ……ということにしておこう。安全は何よりも大事なのだから。

僕は歩道も怖い。何が怖いって、あの狭い道幅いっぱいに並んで、こちらに向かって歩いてくる人たちが怖いのだ。早くこちらに気付いて少し道を空けてくれよ、と祈りながら近づく。ところが、話に夢中になっている集団は5メートルまで接近しても気付かないのだ。

以前、テニスコートとゴルフ練習場に挟まれた狭い道を小さなゴルフバッグを抱えながら歩いていたら、前方からテニス帰りの年配の女性たちの集団が歩いてきた。遠くからでも一番ヤバいパターンであることはわかった。完全にこちらのことが見えていない。3メートルのところまで来ても気付いていない様子。咳払《せきばら》いしても気付かない。

僕はゴルフバッグを抱えた手の甲を練習場の金網にこすりながら、爪楊枝《つまようじ》のように細くなって避けようとしたのだが、いかんせん、3列に並んだ集団はそれでも広かった。僕の左肩がそのうちの1人にぶつかり、僕のゴルフバッグの下端はその反動でおばさん、失礼、女性の足のあたりを直撃したのだった。

「痛ったーい」。ことさら大袈裟《おおげさ》に声を出す女性。仲間らしき女性たちの冷たい視線。

「ごめんなさい、大丈夫ですか？」。なぜか意に反してこんな台詞《せりふ》が出てしまう自分が情けない。そしてその記憶は、永久磁石のように僕の心の中に焼き付いてしまったのだった。

それ以来、というわけではないが、よりいっそう、僕は誰と歩くときでもカルガモのように1列に並んで歩いている。

サプライズのマナー

たまに一緒に仕事をするK氏は無類のサプライズ好きである。あり得ないほどのエネルギーを注いでサプライズを仕掛ける。こんな人見たことない、と思う反面、どこか負けてない自分も感じる。僕も無類のサプライズ好きなのである。でもベクトルが違う、ということにある日気付いた。

白魔術と黒魔術。彼のサプライズは白サプライズだ。どこまでも相手が喜ぶように仕掛ける。これが時に、僕にはちょっと気持ち悪く感じられる。自分の中の照れがそう思わせるのだろう。相手をうれし泣きさせることが彼の最終ゴールだとするなら、僕の最終ゴールはちょっと違う。

僕のサプライズは黒サプライズだ。どこかに必ず毒がある。人はそれを単なる「いたずら」と呼ぶのかもしれない。ところが僕の周りでさえ、僕のいたずら好きを知らない。そりゃそうだ。68にもなろうとしているじいさんがいまだにいたずら好きなんて信じたくもないだろう。

いたずら好きは一体いつ始まったのだろうか。はっきりとは覚えていないけれど4歳の頃にはすでにずいぶんなことをやっていた記憶がある。ただ、自信を持って言えることは、それらが嫌がらせと紙一重でセーフだったことだ。不思議とアウトとの境界線が見えていたのだと思う。

どっきりカメラという番組が始まったとき、まだ学生だったと思うが、思わず「やられた」と思った。この失笑感こそ、自分が昔より追い求めていたものではないか。そこでさらに負けじといろいろないたずらを仕掛けた。

いまだに覚えている自分らしいいたずらは、誰かに友人の電話番号を聞かれたときに、その友人の親父《おやじ》の名前をさも友人の名前かのように一緒に添えて、教えてしまういたずらだ。昔の黒電話だから出来たいたずらだけれど、何も知らずに「○○くんお願いします」と言って、出てきた親父と気付かずにしばらくため口で話をするそいつを想像すると今でもそうとうおかしい。ここら辺が僕の笑いのつぼなんだな、と思う。

「密室芸」という言葉があるけれど、閉ざされた空間の中でのちょっとしたいたずらが好きで、だから昔のタモリさんの芸とかスネークマンショーとかに共感を持つんだろうと思う。そういえば昔のとんねるずもそうだったっけ。

黒サプライズはさじ加減が大事だ。白サプライズなら何でもありだろうが、黒サプライズにはバランスと想像力とが必要だ。下手したら最近よく巷《ちまた》で話題になるアホな動画と同じになってしまう。つまりインテリジェンスがなければ犯罪同然というわけだ。

大事なのはいたずらを仕掛ける相手のことをよく考えることだ。白サプライズの目標がうれし涙だとするなら、僕のは「くそ、やられた……」だろうか。あの野郎……と思ってもらえれば目標達成だ。

初めての人とダブルスをするときのマナー

あれはビヨン・ボルグ（スウェーデン）全盛の時代だったから1980年代ということになるのだろうか。猫も杓子《しゃくし》もテニス、という具合にテニスは今よりずっとブームだった気がする。

僕もある音楽関係者から入れと言われて、仕方なしに高井戸にあるテニスクラブに入会した。そこでワイルドワンズというグループサウンズの人たちを紹介され、なぜかノリも合い、毎回大笑いしながら、おバカなテニスをしていた。

美人で有名な女優Nがボーイフレンドとしょっちゅうここに来ているのは、横目で見て知っていた。さすがに派手だった。

ワイルドワンズのリーダーの加瀬邦彦《かせくにひこ》さんは結構チキンハートで、気にはなるものの横目で見るばかり。もちろん僕もチキンハートだ。その日も僕は加瀬さんとおバカなテニスをしていた。

「あの〜」という女性の声が金網越しに聞こえた。聞き覚えのある声だ。振り返るとそのカップルが並んでにこにこしている。そして彼女はこう言った。

「一緒にダブルスやりませんか……」

さあ困った。チキン2人VS.美人女優カップル。女優などというものに免疫がなかったから、どぎまぎするばかり。もちろん断る勇気なんてありゃしない。あれよあれよというまにペア決めをすることになり、なんと僕と美人女優が組むことに。

そしてサーブ権はこちらに……。いやあ、朝から調子が悪かったのだ。特にサーブが。

「あのう、サーブやっていただけますか？」と聞くと「サーブは男の人からやるものですよ」と冷たく言う。けっこうきつい性格らしい。しかたない。やるしかない。

ドキドキしながらトスアップをし、バシンッ！……ではなくポコッと端に当たった。さあっ、と思って向こうを見るも、球はない。

それどころか、誰も動いてない。そういえばバウンドする音もなかった。おかしい。空気が凍っている。何か変だ。そう思ってよく見ると、美人女優の立派な太ももの間に小さな黄色いものが目に入った。あっ……。

僕は彼女の尻めがけて打ち込んでしまったのだ。「痛い！」の一言でもあれば少しは空気が和らいでいたかもしれないが、彼女は一言も言葉を発しない。

このときのどうしたらいいかわからない雰囲気。加瀬さんも発する言葉が見つからずに困った顔をしている。

実を言えば、その後のことはすっかり覚えていないのだ。試合は続いたのだろうか。いや、続いた記憶だけはある。

あの光景を思い出すたびに、いまだにやるせない気持ちが襲ってくる。

嘔吐のマナー

嘔吐《おうと》、という言葉に弱い。こうやって書くだけで気分が悪くなる。そんな年で何を言っているんだ、と言われそうだが、年を取ってもだめだった。他のいくつものトラウマは乗り越えられたのに……。

子供の頃、道ばたに嘔吐物があると一瞬ハッとし、それから目をそらして息を止め、道の反対側に渡った。それがどんなに遠回りになろうと、必ずそうした。登校時に見たら、帰りが憂鬱になった。あれをまた見なければならない。見たくない。違う道があれば良かったのに、と一本道を恨んだ。

嘔吐に対するトラウマはそんなにあったようには思えない。自分だって吐いたことはある。覚えているのは3回だ。鶏すき屋から帰って吐いた5歳の頃。家でラーメンを食い過ぎて吐いた10歳の頃。最後は風邪で具合が悪くなって吐いた中学1年のときだ。その時に気付いた。自分では片付けられない……。怖くて気持ち悪くて片付けられないのだ。実を言えばそれから吐いていない。つまり50年以上、嘔吐というものを経験していない、ということになる。自分で片付けられないものを自分でやってしまってどうする。

30歳前に尿管結石になった。あまりに苦しくて吐きそうになった。ゴキブリのように這いつくばりながら、腕にはしっかりとバケツを握った。万が一のときはこれを使おう……。使わずに済んだのは本当にラッキーだった。ノロにやられたときもそうだ。またバケツを握りしめて救われた。バケツは案外吐き気に効くのかもしれない。いやいや、そんなことはないな。普通の人ならあれで油断をしてアウトになるはずだ。

そういえば、結婚前、かみさんがバンドの合宿場で気分が悪くなり、共同の洗面のところで吐いた。僕はいいところを見せようと、つまり背中をさすろうと後ろから近づいた。手が背中に届くか届かないかのところまで行って、諦めて逃げた。トライしただけ偉い、と思う。今だったらあんなこと絶対にするものか。

僕は世にも珍しい嘔吐恐怖症だ……と、長年悩んでいたのだけれど、あるとき同類がずいぶんいることに気付いた。嘔吐が怖い人は結構いるのだ。もちろん胃カメラなんて無理。そんなことするくらいならすぐに切ってくれ、と言う連中だ。その逆に、吐くのが全然平気な人たちもいる。口に指を突っ込んで簡単に吐けるらしい。想像するだけで首筋が硬直してくる。何だそれ。自然の摂理に反してるぞ。間違いなく……。

で、お願いである。どんなに催しても、ちょっと道ばたで、なんて思わずに、どうかトイレでひっそりとやって欲しい。しかも、なるべく静かに、だ。

セキュリティーのマナー

1980年代半ば、例年のように録音でロサンゼルスに滞在していた時のことだ。確か夕方だったと思うが、録音が早く終わってちょっと散歩をしたんだと思う。ご存じのように向こうの家は日本とは違って極めてオープンである。高い塀のある家なんてなかなかお目にかかれない。誰でもすぐに玄関のドアをノック出来る。

不用心と言えば不用心。第一、民家のほとんどは木造、どの玄関のドアも簡単に蹴破ることが出来そうだ。日本より治安の悪いこの国で、こんなことでいいのか……などと思いながら歩いていると、いきなりフラッシュライトのようなものに照らされた。自分が真っ白に見えた。なんだ？　このライトの感じ、どこかで見た記憶があるぞ……と思っていたらそれは映画で見た監獄のライトだった。一瞬、脱獄囚の気分になった。

コーディネーターに聞くと、ここらへんは治安が悪いからこうやってセンサーライトを付けて、侵入してくる怪しいやつに対処しているのだと言う。ほう、センサーライトか。この頃、我が家はちょっとしたストーカーに悩まされていたから、これはちょうどいいと思って買って帰った。このライトに照らされればストーカーも家に近づきたくなくなるだろう。

幸い、日本の電気にも対応出来たのでさっそく取り付けた。夕方になってセンサー範囲内に近づくと、例の真っ白いやつがぱっとつく。いいねえ、こんなもの日本で付けている家は見たことがないぞ、と一人悦に入っていた。

ところが、だ。夜中にふと気が付くとやたらにこいつが働いているではないか。煌々《こうこう》とした灯《あか》りが路面を照らしている。いったい何者が侵入したんだ、と思って玄関のドアからそっと覗いてみると、それは子連れの野良猫だった。

なるほど、こいつの欠点はそういうことだな、と気付いた。さらに、風が強い日には木々が揺れるだけで反応することも分かって、仕方なしに家の中にメインスイッチを設け、センサーを元から切ることが出来るように改良。こうして、ヒステリックに点灯するライトを黙らせることに成功した。とはいえ、切ったら切ったで意味がないではないか。今度はセンサーの方向をいろいろと変えて、猫でもここまでは近づくまい、というところまで範囲を狭くした。

今では日本でもこのセンサーライトは普及し、住宅地を100メートル歩けばひとつくらいは見るようになった。つまり道を歩いているだけでパッとやられるのだ。う〜ん……何か違うぞ。ここは道路だ。なのになぜ照らされなければならないのか。しかも高い塀の向こう側から。オーナーはこう思いながら歩く通行人もいることに気付いた方がいい。

感染した時のマナー

7月の始め頃、なぜだか体調が悪くなった。倦怠感《けんたいかん》が強く、なんだかやる気になれない。こういうときにコロナを疑うのは、たぶん誰でも同じだと思う。

でもまだうっすら疑う程度。なぜなら、自宅での仕事がほとんどの僕が感染をするとしたら、宅配便の段ボールから感染するか、さもなければジョギングで靴の裏にウィルスが付着して、それが何かの拍子に顔に届いてしまったか、そんなことしか考えられなかったからだ。

ふと体温を計ってみようと思いついた。ところが我が家のわきに挟む式の体温計、僕とはどうも相性が悪いらしく、いつ計っても5度台。下手すると4度台ということがある。俺はヘビか？

ここはやっぱり新しい体温計を買おう、ということでネットで最新の非接触式のものを購入。説明書によれば、ただ乾電池を入れるだけなのだが、全く作動しない。乾電池は新品なのに。結局3個目の乾電池でようやく作動し、額に近づけボタンを押す。

ピッと音がして見てびっくり。7度もあるではないか。そんなバカな。もう一度やると今度は7度5分。3度目にはピーピーと警報音が鳴って8度を指している。やばい。これだけで体が緊急事態宣言になる。とりあえず横になろう。ということでソファに横になってあれこれと考える。

まず、かみさんには言わないとまずい。感染していたら彼女にも間違いなくうつっている。それから他にうつっているとしたら……朦朧《もうろう》とした頭がよけい朦朧としてくる。

それにしてもこの新しい体温計の野郎、こんなに誤差があるものなのか。

試しにもう一度やってみると今度は6度7分。それまで低体温性だと思い込んでいたから、これでも充分に熱がある。やっぱり話そう、ということで彼女を呼び出し切り出した。ひとしきり話を聞くと、彼女はふうん、と言って立ち上がり、まあその時はその時よ、と言った。たぶん僕が一番欲していたリアクションだったかもしれない。

おかげで急に気分が楽になった。しかしその一方で熱はむしろ上がっていった。友人の医者のところで抗体検査をしてもらうものの結果は陰性。おかしいなあ。こういうときに検査を疑ってしまうのが僕の悪い癖である。

コロナなんかじゃねえよ。という医者の言葉に耳も貸さず、ひたすら感染したと思い込む自分。ああ、週刊誌の見出しが目に浮かぶ。きっと夜の街で毎日遊んでいたんだわ、なんて言われるのだ。

病院をたて続けにいくつか回り、検査もし、甲状腺の腫れ、という結論に至ったとき、ホッとした反面、なんだか力が抜けた。人間の心理とは不思議なものである。

遠くなったハグのマナー

コロナ禍で行動制限が多い時期にマナーの話をするのは嫌なものである。もう、それぞれの考えでやってください、としか言えない。むしろ僕はコロナが終息した後の世界が気になり始めている。外に出たら世界が一変していた……なんてことはあり得ないけれど、内、つまり気持ちは今でさえすでにずいぶんと変わってきている。

このあいだ、食料品を買いにかみさんとスーパーまで歩いて行ったのだけれど、道行く人が全員ばい菌に見えた。それは向こうも同じみたいで、すれ違うときにお互いに大きく避ける。なにもそこまでしなくても、というくらい離れてすれ違う。

気付かずにそばをすれ違ったりすると思い切り睨まれる。いや、そちらが前を見ていなかっただけでしょう？　心がぎすぎすしているなあ。どこかの国ではマスクをしていないと殴られたりする、と聞いた。睨まれるだけならまだましか……。こういうときに極端な例を思い出せば少しは気分が楽になる。

しかし、だ。これが何ヶ月も続いて、習慣になってしまったら、元に戻れるのか、と思ってしまうのだ。

あれはどれくらい前のことだったんだろう。ハグ、という習慣が日本に伝わりはじめた頃。それでもまだほとんどの日本人はハグという言葉さえ知らなかった。空港や駅、別れるときに抱き合っている2人を見るとギョッとしたものだ。いったい人前で何事だ？

あの習慣が馴染んでくるまでに結構時間はかかったように記憶している。そしてようやく違和感なく馴染みはじめたと思ったらこれだ。

ハグはこのまま、この日本からなくなってしまうのではないか？　という危機感さえ感じる。そう、これは危機感だ。せっかく手に入れた素晴らしい習慣を逆行させてしまうなんて。

しかし今回のコロナで、一番怖いのはこの混乱状態に少しだけ出口が見え始めた頃ではないか、と思っている。心に余裕が出始めたとき、人類は天国と地獄の分かれ道を選択するのではないか。つまり、ここまでのことを反省しつつ一段階成長出来るのか、さもなければ、元凶を追及しながら国々がバラバラになり、それこそ恐ろしい戦争の世界に発展してしまうのか。

アメリカの一部のジャーナリズムが武漢の研究所を叩き始めているようだが、弱く脆《もろ》くなっている人類の心には危険極まりなく映る。コロナ後に想像出来る世界的な不景気、欲求不満がこれに火を付けることは明らかだ。

人類はどれだけ賢いのだろうか。元凶など追及せず、まだ見えぬ未来の新しい恐怖に向けて一致団結出来るのだろうか。それにはハグが一刻も早く戻ってきてほしいと思う。

2人のマナー

母が亡くなった。僕は69歳にして晴れて孤児になった。子供の頃はこの状況を恐れていた。親がいなくなることは恐怖でしかなかったのだ。だから霊柩車《れいきゅうしゃ》が通るたびに親指をこっそりと隠した。クルマを運転中はちょっと危険だけど、がんばって親指を隠した。7年前にオヤジを亡くしたとき、この習慣はいい加減やめようかな、とも思ったが、やっぱり母がいたので続けた。今年の正月は深夜の神社に行き、弱ってきた母のことをお願いした。とはいえ、ずっと生きていてください、とは言わなかった気がする。辛い思いはさせないでください、程度だったか。

93歳の母は去年の後半からどんどん食事が細くなり、年末にはふた口くらいしか食べられなくなっていたと思う。時間の問題と言えば問題だった。ただ、見守りカメラで見る限り午前中は元気だった。午後に弟から電話があり、様子がおかしいということで駆けつけたときにはもう亡くなっていた。額《ひたい》を触るとまだ温かかった。この感覚、どこかで味わったことがあるな、と思いだしてみると、それはオヤジの時だった。あのときは午前2時くらいだったか。隣のベッドで寝ているオヤジの様子が変だ、と母から電話があり、急いで駆けつけたときにはすでに亡くなっていた。2人とも同じ部屋で、それぞれのベッドで静かに息を引き取ったことになる。オヤジのときは数日前から昏睡《こんすい》状態で、それなのに何もしなかった母のことをひどく責めたことを思いだした。でもそれは2人で取り決めたことらしいことを、今回お手伝いさんを通じて初めて知った。それならそうと、その時言ってくれれば良かったのに……。今回も母は主治医と相談して何もしないでくれ、と言っていたらしい。

母は祖母が生きているあいだは毎日のように里帰りをしていた。祖母にとって母は箱入り娘だったらしい。そんな母をオヤジは文句のひとつも言わず、それどころか死ぬまで大事にしていたのが印象的だ。逆にオヤジのことを母はあまり大切にしていないように見えたのか、僕はどこか軽蔑していたような気がする。しかし亡くなってみて、急に自分が宇宙の中で迷子になってしまったと感じた。性格はどうあれ、時空間の中ではやはり繋《つな》がっていたんだな、とあらためて思った。血とは母親を通して繋がっていくのだ。

母はオヤジのことを本当に大切にしなかったのだろうか。答えを教えてくれる人はもうどこにもいない。いや、晩年の母に聞いても本当のことは教えてくれなかっただろう。照れ屋で本心を口にしない性格は僕にも受け継がれている。ではオヤジは母に「愛してる」の一言くらいは言ったことがあるのだろうか。きっと1度くらいは言って、そのリアクションの薄さにもうやめたのではないか。僕の中の血が「そうに違いない」と言っている。僕の心の中に帰って行ったオヤジと宇宙に帰って行った母。2人のことは2人にしか分からない。

対談

松任谷正隆

ジェーン・スー

“おじさん”も“おばさん”もアップデートしていこう

構成◎山田真理　撮影◎木村直軌

やる気はあるのに目がかすむ

松任谷　「初めまして」じゃないんですよね……？

ジェーン・スー（以下・スー）　8年前に、松任谷さんのラジオ番組に呼んでいただいたことがあります。松任谷さんは、オレンジのシャーベットカラーのセーターを着ていらっしゃいました。「また呼んでもらえた！」とウキウキして来たら、忘れられていたなんて。（笑）

松任谷　次は絶対に大丈夫です！

スー　いえいえ、逆に「8年後に絶対また呼んでもらうぞ！」というモチベーションになりましたから。

そのラジオで覚えているのは、最初に「NGなことはありますか？」と聞かれて、「特にないです」とお答えしたら、いきなり「本名は？」とおっしゃって。ごめん

松任谷 なさい、それは言えませんと。（笑）

スー いろいろと失礼ですねえ、僕。

松任谷 とんでもないです。松任谷さんはエッセイで、「人の顔と名前を覚えられない」と書かれていらっしゃいましたけれど……。

スー このところ、ひどくなってますね。誰とも会わずに、引きこもりたいくらい。

松任谷 年齢的なものですか？　おじさんになったからというか。

スー 僕には「30歳からがおじさん」「60歳からがおじいさん」という認識があるので、年齢的にはすでにおじいさん。だから逆に「おじさん」と呼ばれたら嬉しいかもしれない。

松任谷 いつからそう考えていらっしゃるんでしょう。

スー 10代から、そう思ってたんじゃないかな。あの時代は、30歳を「おにいさん」と呼ぶ雰囲気ではなかったし、ジーンズも――。僕の世代はジーパンと言っていたけれど、大学を卒業したら穿けないものだと思っていて。だから30歳になるのが異常に嫌だったのを覚えています。

スー 景気のいい時代には、大人になることが推奨されていたんでしょうね。大人ならではの遊びや、ハイブランドのファッションにお金をかけて楽しんで。でも今のように景気が低迷すると、小学生と40代の私が同じファストファッションの服を着ていたりする。大人になるのが難しい時代な気がします。

松任谷　スーさんは、僕と何歳違うんですか？

スー　今、47歳です。

松任谷　20歳ちょっと違うのか。

スー　人生100年時代になって、年齢に対するイメージも急速に変わっていますよね。先日、私がパーソナリティを務めるラジオのゲストに大村崑《おおむらこん》さんをお招きしたのですが、86歳からライザップを始めて、90歳になった現在も30キロの負荷を背負ってスクワットされるそうです。「こういう人が100年生きるんだな」と具体的に目に見えて、すごくポジティブになれました。

松任谷　僕はたぶん、先入観に弱いんです。「会社員だったら定年の年齢」とか聞くとガクッときちゃうと思うから、なるべく考えない。42歳の厄年も、怖いなあと思いながらおそるおそる過ごした記憶があります。

スー　体力的にはいかがですか。

松任谷　わからないうちに落ちてきた感じですね。割と無茶をするタイプで、家でトレーニングをやりすぎたり、観葉植物の鉢を持ち上げてぎっくり腰になったり。そんな状態の時にゴルフに行ったら、ある朝、右足がしびれて温度を感じなくなってしまったんです。17年たった今も、お風呂のお湯が右足だけ水にしか感じられない。

スー 治療をされても？

松任谷 あちこち行ったんですけど、最終的には「気のせいだ」と。

スー 松任谷さんが「年齢を考えない」でいられるのは、身近にユーミン（妻の松任谷由実さん）という「おばさんの型」にはまらない女性がいることも理由の一つでは？

松任谷 「おばさんの型」って何ですか？

スー ある一定以上の年齢になると、こういう服は着ないとか、夜遅くまで遊ばないとか、新しいことに首をつっこまないといった「型」の中で女性は生きるようになりがちです。その型からはずれると、「いい年をして」「みっともない」などと言われてしまうから。

松任谷 それは誰が決めるんだろう。

スー 親だったり家族だったり、友人だったり。あとは顔のない世間というか――。

松任谷 それは僕ら夫婦が、世間知らずなんだと思う。そんな型があるなんて知らないし、意識したこともない。スーさんは、「おばさん」は何歳からだと思っているんですか？

スー　細かく刻みますけど、42歳です。やる気はあるのに、パソコンの画面に焦点が合わなくなって、「これがかすみ目か！　これが老眼か！」と実感したのがその頃なので。ほかにも夜中にトイレに行きたくて目が覚めるとか、肉体的にリアルな老化が起こり始めて「ついにおばさんになったなあ」と。

松任谷　老化というにはまだ早すぎるでしょう。

スー　人生折り返し地点というか、「この先自分は確実に死ぬな」と初めて実感できたんです。

松任谷　僕はリアリティがないな。まだまだ自分は死なない感じがする。まあ、イマジネーション不足ともいえるけれど。（笑）

見えている世界が男女でこんなに違う

スー 松任谷さんと同じく、10代が終わる時に私も「もう若くない、おばさんだ」と思いました。いま考えると何言ってんだって話ですが。30歳前後になると、「おばさん」と呼ばれることにピリピリする人も、受け入れる人も出てきて、でも30代は擬陽性です（笑）。真のおばさんではない。目がかすみ、トイレに起きるようになって、私は「やっとおばさんになれた」と感じました。これからは、おばさんをわが手に取り戻したいです。

松任谷 取り戻す？

スー 自他ともに認める「おばさん」の立場を獲得した感覚でしょうか。これからは立場や意味をどんどん昇華して、かっこよく育てていきたい。

松任谷 おばさんという立場は、どういう使い途があるんですか。

スー 男性って、基本的に年をとるほど馬鹿にされにくくなっていくじゃないですか。

松任谷 女性から見てでしょう？

スー 男性は会社のような縦社会にいると、20代の時よりも30代、40代の方が社会的信用とか男としての価値が高まる傾向があるように思います。でも女性は、若い頃は「若い」というだけで、頼んでもいない商品としての高値を付けられ、加齢とともに値付けが悪くなる。

松任谷 もうちょっと詳しくお願いします。

スー 松任谷さんのエッセイを読ませていただいて、「男女で見えている世界がこんなに違うんだ！」と非常に興味深かったことがあって。たとえば「タクシーに乗ると、運転手さんは自分より年齢が上でも敬語を使う」と書かれていたけれど、女性はタメ口をきかれることが多いんですよ。

松任谷 誰が、誰に？

スー 運転手さんが、私たちに。

松任谷 うっそお。それは接客業としてダメじゃないの。

スー よくある光景ですよ。相手としては親しみのつもりで悪意はないんでしょうけど。でも、軽く見られていますよね。若いほど女性はそういう目に遭いがちで、おばさんになって初めて「タメ口をきくなら私はお返事しませんけど?」といった〝おばさんの鎖鎌《くさりがま》〟をぶんぶん振り回して、強い態度に出られる。ある意味、おばさんになってようやく人間としてデビューできるわけです。それが、おばさんという立場の一つの使い方だと思います。

松任谷 僕の周囲には、女性を軽く扱う文化はなかった気がするけど。

スー 私は大学を出て数年間、レコード会社で宣伝の仕事をしていたのですが、社内で、訪問先で、いまならセクハラとされるような扱いをされる女性プロモーターはたくさんいましたよ。松任谷さんのいるクリエイティブ部門は、ある種の神域というか別世界。特にユーミンという女性を中心としたチームだったわけですから。

松任谷 なるほどね、そうかもしれない。

スー 松任谷さんは早く年をとりたいと思ったことは?

松任谷 これ以上は年をとりたくないな。頑固になりそうだし。

スー 男性に〝見えていない〟ことでいえば、女性が賃貸物件を探す時に「2階以上」という条件を付けるというのがあります。

松任谷 へえ、知らない。

スー 住人が女性だと窓から泥棒に侵入される危険や、干している下着を盗まれる可能性があるから、1階は選びたくても選べないんです。

松任谷 それはそれで納得のいく理由だと思うけど……。

スー いやいや。なぜその不当な理由を、被害を受ける側が背負わなければならないのか、という話で。似たような話で、チカンをされるのは「薄着をする女性が悪い」という言い方もされますが、どう考えたってチカン行為をする方が何万倍も悪いでしょう。明らかな性犯罪なんですから。

松任谷 なるほど、確かに。

スー こういう話題になると、「女性というだけで得する面もあるだろう」と反論してくるステレオタイプなおじさんもいて、揉めることもあります。(笑)

松任谷 ステレオタイプなおじさんって、どういう人ですか?

スー 自分の権力や、男性というだけで恵まれた立場にいることに無自覚な人です。あとは、不用意な発言を繰り返したり、釈明の発言がまた壮大に時代の感覚とズレていたりする人でしょうか。

松任谷 無自覚という意味で言うと、僕も典型的なおじさんかもしれない。

スー 知らないこと自体は悪いことではないと思います。知って、納得して、変わってくれるのなら。というのも最近、私たちが若い頃にカルチャーの先達として憧れてきたおじさんたちに、裏切られた気持ちになることが非常に多いものですから。

松任谷 どういうこと？

スー パワハラで社員から訴えられたり、ネットで不用意な発言をしたり。「この人たちが作ったカルチャーに自分は育てられてきたのに」と非常に悲しい気持ちになります。世の中にはもっと変えていかなきゃいけない問題がたくさんあるのだから、そういう先輩たちにも「一緒に協力してやっていきましょうよ！」と言いたいのに、「どうして変な方向にズレてっちゃうのー」と。

新しいものを受け入れなきゃ楽しめない

松任谷 なぜおじさんは、時代とズレてしまうんだろう。

スー　世の中の変化に合わせてアップデートしなくても、自分の生活には何ら影響がないからだと思います。

松任谷　男って若い頃には上の世代への劣等感があり、年をとると肉体的に衰えてくる劣等感があり、結局いくつになっても一緒じゃないかと思う。偉そうなこと言ってパワハラする男って、つまりは劣等感のかたまりなんですよ。

スー　なるほど。

松任谷　僕がもしステレオタイプなおじさんにならずに済んでいるとしたら、それは音楽を作ってきたからかもしれない。ある時期までスネアドラムの響きをどうにかよい音で録音したいと研究を続けていたのだけど、80年代に海外からまったく違うデジタルな音作りが入ってきて。一瞬、僕は理解できなかったの。

スー　えーっ！　その時期もユーミンのアルバムは最先端のサウンドで作られていたじゃないですか。

松任谷　だから、そこから変わったんですよ。「スネアの音がどうのこうの」って、ダンディズムみたいなことにこだわっていられないなと。

スー　それですよ、松任谷さん！

松任谷　なにが？（笑）

スー 旧来型のダンディズムに囚われるあまりアップデートできず、時代に取り残されてしまうようなことが松任谷さんにはないのかも。

松任谷 だって新しいものを受け入れなきゃ、雑誌とか読んでも楽しめないよね。一ヵ所にとどまっていたら、どんなものにも飽きがきてしまうし。

スー 大衆を魅了するポップミュージックって、そういうことなのでしょうね。みんなの心をとらえるには、時代にのっていくこと。それには価値観の更新が不可欠だから。そうか、売れる音楽を作っていれば、アップデートできるっていうことか。(笑)

松任谷 あはは。もう一つ、僕は音楽を作り始めた時から、カテゴライズと闘ってきたんですよ。

スー どのジャンルの音楽か、ということですね。

松任谷 カテゴライズすると理解しやすかったり、安心して音楽が聴けるという気持ちは僕にもある。でも自分の音楽はカテゴライズされたくない。

スー　型にはめられる居心地の悪さを知っていることも、松任谷さんが自由な考えができる背景にあるのかもしれませんね。

松任谷　そうだといいけれど。

スー　エッセイでも男女の微妙な問題を扱いながら、地雷原ギリギリのところを絶妙のコーナリングですり抜けていらっしゃる。さすが自動車歴も長い松任谷さんならではと、拝読しながら感心していました。（笑）

松任谷　そうなのかなあ。

性別ではなく、問題はどちらに権力があるか

スー　男と女の話で。もうひとついいですか。

松任谷 どうぞ。

スー 松任谷さんのエッセイに、ユーミンがラジオで「マウンティングする亭主だ」と話した、とありました。その翌日に、「お父さん（松任谷さんのこと）がいなかったらやってこられなかった」ともおっしゃった。どちらも本音だと思いますが、それでケンカになったそうですね。「お父さんがいなかったらやってこられなかった」と言われて、松任谷さんが怒ったということに私はとても感激したんですよ。

松任谷 えー！ そうなの？

スー 頼られたらほだされてしまいそうですが、真逆のことを言ったことに対してちゃんと怒ったというのは、お二人が向き合っているという事実以外のなにものでもないと思って。40年以上も一緒にいてなぜ別れずにいられるのか、教えてほしい。（笑）

松任谷 相手がどう考えているかわからないけれど、もし生理的に嫌になって別れたとしても、別の人とやり直して今よりよくなるってイメージが持てないからじゃないかな。

スー それって、お互いに「かなりいい」という自覚があるからですよね。

松任谷 うーん。人間関係なんてこんなもんだということじゃないですか。

スー 過剰な期待をせず、相互理解を完璧にせず、ということですか？

松任谷 人間関係に完璧はないからね。

スー　これまで世間から、やっかみでいろいろ言われてきたと思うんですよ。それがお二人の関係をザワつかせることはなかったのですか？

松任谷　言われていたかもしれないけれど、鈍感だから気付いてなかったんじゃないですか。由実さんは特に、すっごい鈍感ですよ。

スー　エッセイにも、ユーミンがポルシェについて「この乗り心地はトヨタだわね」と堂々と言ったエピソードがありましたが、最高でした。（笑）

松任谷　あの話は、由実さんらしくて僕も好きです。

スー　鈍感であることも、楽しく生きるには大切なことかもしれません。

松任谷　僕はスーさんとお話しする今日まで、自分は敏感だと思ってた（笑）。年をとって、そうした部分も鈍麻してきてたのかな。気を付けないとね。

スー　気が付いた時点で、しっかり敏感ですよ！

松任谷　僕からもこの機会に聞いてしまうのだけど――セクハラって、どうして男から女に向けたものばかりで、逆はないんだろう。

スー　女性が権力を持つ側に立てば、逆も当然あると思います。私は、自分の中にステレオタイプなおじさんがいると感じることもあって。

松任谷　というと？

スー　たとえば私がラジオの若い男性スタッフに「ご飯行こうよ」と誘った時、相手は「いいですね」と答えても、内心は嫌々かもしれない。帰りのタクシーで私が眠りこけ彼の肩にもたれたのを、「セクハラだ」と訴えることもありうる。性別ではなく、どちらに権力があるかという問題かと。

松任谷　なるほど。

スー　だから、権力を持つ女性にとっては、現実問題としていま起こりうる話です。

松任谷　ちなみに、スーさんが男性に求めるものって何ですか。

スー　素直さ、そして自分の感情を把握していること。

松任谷　用意してあったような速さで答えましたね。(笑)

スー　男性は、自分が何を考えているか、なぜ不機嫌なのか、あまり言語化しないように見えます。言葉にしない感情は、心を許した相手に不遜な態度として放り投げられ、それを産廃業者のように受け入れている女性も少なくないかと。

松任谷　女性は言語化を望むけれど、男性は求められると余計に意地を張る。それはこっちの行動を見ていなかったことへの失望感というか、「見ればわかるでしょ」ということなんだと思う。

スー　つまり「察してクン」っていうことですか？　それは厳しい。

松任谷　相手の気持ちを言語化するという意味で、イマジネーションの問題じゃないですか。

スー　もちろん、やろうと思えばできるんですよ。私はプロモーションの仕事をしていましたから、相手の行動を先々まで予測して、お茶を汲んだり、好みのお弁当を手配したり、タクシーを呼んだりするのはお手のもの。でも、それをプライベートではやりたくないんです。

松任谷　確かに、外でも中でも気を遣うのは嫌だね。

スー　とはいえ男性も、20、30代はかなり変化していて。ゆとり教育のおかげか、自分の気持ちを素直に言語化できる人が増えていると思います。先日も28歳の男子が「女の子と付き合ったことがない」ことを自嘲的でもなく話していて。「じゃあ私が立候補してお母さんに挨拶するわ」と、人によってはセクハラまがいと取りかねない言葉を投げかけても、「僕が本当に好きな人なら、母は喜んでくれると思います」と、本当にさらっと返してくる。コミュニケーション能力という点で、これはもう白亜紀から新生代にかけて生物相が違ったくらいの変化が起きていると感じました。

松任谷　たぶん僕だって、その年頃に同じようなことを言われたら、そんなふうに返せたと思うけどなあ。

スー　松任谷さんは、わざわざ力の誇示をしない方ですね。男女を問わず、こういう話を面白がって聞いてくれる人って、人生が充実していらっしゃるんですよね。面倒な話になったら、不機嫌になる人が大半なわけで。

松任谷　だって対談だもの、途中で出て行くわけにいかないでしょ。(笑)

スー　松任谷さんは「私たちの話を聞いてくれる人」と、おばさんに見込まれてしまった(笑)。いやあ、今日は本当に楽しかった。大収穫でした。

松任谷　え、これで終わり？

スー　いろんなお話もうかがえたし、私の話も聞いていただけて大満足です。

松任谷　こっちは帰ってから知恵熱が出ちゃいそうですよ。(笑)

ジェーン・スー／コラムニスト・ラジオパーソナリティー。1973年東京都生まれ。『貴様いつまで女子でいるつもりだ問題』で、第31回講談社エッセイ賞を受賞。TBSラジオ「ジェーン・スー　生活は踊る」パーソナリティを務める。著書に『これでもいいのだ』『女のお悩み動物園』など。

おわりに

人生のマナー

去年から「応援村」というちょっと説明しにくい組織に参加している。疑《うたぐ》り深い僕が、この得体の知れない組織に参加している理由としては、まず知り合いが参加している、ということもあるのだが、「応援」という響きが好きだ、というところが大きい。あの学ランを着て「えいえいドンドン」とやる、なんとも意味不明の行為が好きなのである。学生の頃は「応援指導部」の連中は怖くていやだなあ、と思っていたのだが、年を取るにつれて、あの「ドンドン」が愛らしく思えてきているのだから不思議なものである。

もし「応援村」が「救済村」とか「助け合いの村」みたいなタイトルだったら僕はきっと参加しなかっただろう、と思う。だっていい子じゃないと資格がないみたいではないか。そこへいくと「応援村」は無責任に「えいえいドンドン」でいいわけだから自由だ。けっこう何をやっても許されそうな気がする。事実、ここでいろいろな発言をするたびに、それは面白い、とか、やろう、とか言われて形になっていき、これって生きがい?……などと勘違いしている自分がいる。人生っていったい何なのだろう。

同じような理由から、僕は「マナー」という言葉が好きだ。マナーには自由度がある。多少押しつけがましい響きもなくはないが、それでも「ルール」などという響きよりはずっといい。

人は上手いこと言葉を作るなあ、と思う。いや、それは受け手が勝手に解釈を付け加えているだけなのか。

たった今現在、コロナで世界中が大変だ。てんやわんやの大騒ぎ。69歳の自分は当然のことながら他人事《ひとごと》ではない。感染すれば死んでしまう第一軍に所属している。でも実を言えば、どこか楽観している自分もいる。なぜなのかわからないが、悲壮感を持ったって何の役にも立たないことを知っているからかもしれない。でも外に出るときはとりあえずマスクだ。ただしこのマスクは自分を守るためのものではない。マスクは一応、のためのもの。もっと言えば、安心してもらうためのもの。人のためにしているに過ぎないのである。この行為が、何か来たるべきもっと恐ろしいもののためのリハーサルにも感じている。

マナーとリハーサルはなんだか似ている……などと言うとそうとう反発を買いそうだが、僕はそう思っているのだから仕方ない。マナーは命令ではない。でも守ればちょっといい習慣が身につくかもしれない。その程度のものだから心地いいのだろう。

連載を始めてほぼ5年。5年を長いとみるか短いとみるか。読み返してみると、この考え方はもう古い、と思うものがことのほか多いのにはびっくりである。時間的にはあっという間なのに、こんなスピードで古くなってしまうものなのか。マナーってそういうもの？　もう出版するのやめませんか？　なんて言いたいところだけれど、そういうわけにもいくまい。これも僕の人生。本が出来たら戸棚にしまって、あと5年したら見てみようと思う。もう少し自分のことが俯瞰で見られるかもしれない。ああ、全然変わってないな、と思って安心をするのか、それともちょっと反省をするのか。出来れば感心をしたいものだ。おじさんは時代の波に乗るべく、これからもかっこ悪く、でもがんばって生きて行くぞ。

２０２１年２月

本書に収録したエッセイと日記は、読売新聞・夕刊で月一回担当した「たしなみ」欄（二〇一六年四月一九日〜二〇二一年三月一七日）に、対談は『婦人公論』（二〇二一年二月二四日号）に掲載されたものです。単行本化にあたり、大幅に加筆修正しました。

以下のエッセイは書き下ろしです。
「皿洗いのマナー」「ピンポン……に出るときのマナー」「買い物のマナー」「病院のマナー」「知ったつもりのマナー」「意識のマナー」

装幀　鳴田小夜子
装画　紙谷俊平
挿絵　松任谷正隆

松任谷正隆

1951年、東京生まれ。4歳からクラシックピアノを習い、学生時代にバンド活動を始め、細野晴臣、林立夫などと伝説的グループ、キャラメル・ママを結成。その後アレンジャー、プロデューサーとして、妻である松任谷由実を筆頭に、松田聖子、ゆず、いきものがかりなど、多くのアーティストの作品に携わる。1986年には主宰する音楽学校「MICA MUSIC LABORATORY」を開校。主な著書に『僕の散財日記』『職権乱用』『僕の音楽キャリア全部話します:1971/Takuro Yoshida―2016/Yumi Matsutoya』『松任谷正隆の素』などがある。

おじさんはどう生《い》きるか

2021年3月25日　初版発行

著　者　松任谷正隆《まつとうやまさたか》

発行者　松田陽三

発行所　中央公論新社

〒100-8152　東京都千代田区大手町1-7-1
電話　販売 03-5299-1730　編集 03-5299-1740
URL http://www.chuko.co.jp/

DTP　嵐下英治
印　刷　大日本印刷
製　本　小泉製本

Published by CHUOKORON-SHINSHA, INC.
Printed in Japan　ISBN978-4-12-005413-6 C0095

定価はカバーに表示してあります。落丁本・乱丁本はお手数ですが小社販売部宛お送り下さい。送料小社負担にてお取り替えいたします。